诗词名句探源

——原来你是在这里

张庆华　编著

河南人民出版社
·郑州·

图书在版编目(CIP)数据

诗词名句探源：原来你是在这里 / 张庆华编著. 郑州：河南人民出版社，2024. 10. --
ISBN 978-7-215-13563-5

Ⅰ. I207.2

中国国家版本馆 CIP 数据核字第 2024ZS2781 号

河南人民出版社 出版发行
(地址：郑州市郑东新区祥盛街 27 号 邮政编码：450016 电话：0371-65788060)
新华书店经销　　郑州龙洋印务有限公司印刷
开本　710 mm×1000 mm　1/16　印张　17
字数　160 千
2024 年 10 月第 1 版　　2024 年 10 月第 1 次印刷

定价：56.00 元

自　序

中华优秀传统文化源远流长、博大精深，诗词作为其中的典型代表，寥寥数语，字字珠玑，以文辞之美、音律之美，营造出非凡的意境和无穷的韵味。

孔子曰：“不学诗，无以言。”王国维说：“遂觉诗人之言，字字为我心中所欲言，而又非我之所能自言，此大诗人之秘妙也。”攀顶五岳之尊，自然而然想到“会当凌绝顶，一览众山小”；遥望大漠夕阳，不觉会吟诵“大漠孤烟直，长河落日圆”；身临西湖人潮，自然想到“东南形胜，三吴都会，钱塘自古繁华”；伫立洞庭湖畔，不免感叹“气蒸云梦泽，波撼岳阳城”；静坐黄鹤楼头，“晴川历历汉阳树，芳草萋萋鹦鹉洲”自然涌上心间。

当我们内心失落苦闷时，会想到“长风破浪会有时，直挂云帆济沧海”；顺意畅快时，会脱口而出“春风得意马蹄疾，一日看尽长安花”；倡导胸怀大度时，会想到“牢骚太盛防肠断，风物长宜放眼量”；他人爱情受挫时，我们会安慰“天涯何处无芳草”“多情却被无情恼”；劝人惜时向学时，会用到“书中自有黄金屋”“一寸光阴一寸金”。

“苟利国家生死以，岂因祸福避趋之”的尽忠报国，“行到水穷处，坐看云起时”的旷达闲适，“不畏浮云遮望眼，自缘身在最高层”的哲理深思，“疏影横斜水清浅，暗香浮动月黄昏”的清幽香逸，“露从今夜白，月是故乡明”的思乡怀远……所有这些，已经融入中华民族的基因，植根华夏儿女的血脉。

其中的诸多名言警句从何而来？作者又是在何时何事上有感而发？知其然亦要知其所以然，就让我们带着轻松愉快的心境走进本书，去了解诗词名句的源头出处，品味中华诗词的无穷魅力。

是为序。

2024 年 5 月 20 日

目　录

向学成才

述志抒怀

友谊爱情

爱国忧民

时令景致

愁恨悲欢

花木芳香

乡思离情

事理哲思

向学成才

劝学诗

[唐]颜真卿

三更灯火五更鸡[1]，
正是男儿读书时。
黑发不知勤学早[2]，
白首方悔读书迟[3]。

一、词句注释

1. 更：古时夜间计时单位，一夜（晚七点至早五点）分为五更，每两个小时为一更，三更即晚上十一点至凌晨一点，五更即凌晨三点至五点。

2. 黑发：指青少年时期。

3. 白首：白头，指老年。方：才。

二、白话译文

五更鸡鸣到夜半三更，正是男儿们刻苦读书的时候。青少年时期不懂得珍惜光阴、刻苦学习，等到老年才幡然悔悟，却为时已晚。

三、文学赏析

本诗语言质朴，情真意切，通篇贯穿一个“劝”字。“劝”即勉励之意，勉励年轻人要甘于吃苦、勤奋读书，免得日后徒留后悔。

首句因韵律需要倒置语序，应理解为五更鸡叫起床，攻读到夜半三更才休息。次句勉励青年要抓住点滴时间刻苦攻读，增长本领，不负大好时光，以求有所成就。三、四句，“黑发”“白首”采用借代的修辞手法，分别借指青年和老年，用语通俗，易于理解，句式采用对偶，“黑发”对“白首”，“勤学早”对“读书迟”，对比强烈，互相映衬，达到教育引导、催人奋进的艺术效果，与“少壮不努力，老大徒伤悲”异曲同工。

杂诗十二首·其一

［晋］陶渊明

人生无根蒂[1]，飘如陌上尘[2]。
分散逐风转，此已非常身[3]。
落地为兄弟[4]，何必骨肉亲！
得欢当作乐，斗酒聚比邻[5]。
盛年不重来[6]，一日难再晨。
及时当勉励，岁月不待人。

一、词句注释

1. 根蒂：根基、基础。蒂：花朵或瓜果与枝茎相连的部位。

2. 陌：道路。

3. 此：此身。非常身：不是原来的样子。

4. 落地：刚生下来。

5. 斗：酒器。比邻：近邻。

6. 盛年：壮年。

二、白话译文

人生在世犹如无根之木、无蒂之花，如同道路上的尘土飘忽不定。命运随风飘转，此身历经磨难，已经非同原样。世人都可以亲如兄弟，何必一定要是亲生的同胞呢？遇到高兴的事情就应当及时行乐，斗中有酒就要邀请邻居共饮。青春逝去便不可能再来，一天也不会有两个早晨。应该在美好的年华及时努力追求上进，毕竟时光流逝，岁月一刻也不会停止流转。

三、文学赏析

这首诗是东晋田园诗人陶渊明《杂诗十二首》中的第一首，起笔描绘人生命运不可把握，无根无基，飘零如土，随风四散，读来令人迷惘沉郁。但作者并非完全消沉，本着“四海之内皆兄弟”的朴素思想，在闲逸的田园生活中执着地寻找友情与欢乐。“盛年不重来，一日难再晨。及时当勉励，岁月不待人。”因魏晋时期社会阶层严重固化，很多人看不到希望，陶渊明也是如此。这两句原意是告诫大家要及时行乐，不要错失机会，现引申为规劝人们趁着年富力强，不要辜负大好时光，努力追求上进。

神童诗(节选)

[宋]汪洙

天子重英豪,文章教尔曹;
万般皆下品,惟有读书高[1]。
少小须勤学,文章可立身[2];
满朝朱紫贵,尽是读书人。
学问勤中得,萤窗万卷书;
三冬今足用,谁笑腹空虚。
自小多才学,平生志气高;
别人怀宝剑,我有笔如刀。
朝为田舍郎,暮登天子堂[3];
将相本无种,男儿当自强。
学乃身之宝,儒为席上珍;
君看为宰相,必用读书人。
莫道儒冠误,诗书不负人;
达而相天下,穷则善其身[4]。
遗子满嬴金,何如教一经;
姓名书锦轴,朱紫佐朝廷。

古有千文义，须知学后通；
圣贤俱间出，以此发蒙童。
神童衫子短，袖大惹春风；
未去朝天子，先来谒相公。
年纪虽然小，文章日渐多；
待看十五六，一举便登科。
大比因时举，乡书以类升；
名题仙桂籍，天府快先登。
喜中青钱选，才高压俊英；
萤窗新脱迹，雁塔早题名。
年小初登第，皇都得意回；
禹门三级浪，平地一声雷。
一举登科日，双亲未老时；
锦衣归故里，端的是男儿。
玉殿传金榜，君恩赐状头；
英雄三百辈，附我步瀛洲。
慷慨丈夫志，生当忠孝门；
为官须作相，及第必争先。
宫殿召绕笪，街衢竞物华；
风云今际会，千古帝王家。
日月光天德，山河壮帝居；
太平无以报，愿上万言书。

久旱逢甘雨，他乡遇故知；
洞房花烛夜，金榜题名时[5]。

一、词句注释

1.“万般”二句：在各行各业中，只有读书入仕才是最为高洁的。

2.“少小”二句：年少的时候就要勤奋学习，文章可以帮助你们成就事业。

3.“朝为”二句：早上还是在田地里耕种的农夫，晚上就成了天子朝堂里的臣子，形容社会地位发生巨变。

4.“达而”二句：语出《孟子》“穷则独善其身，达则兼济天下”，意为显达的时候要经邦治世、造福苍生，事业不顺时也要安贫乐道，保持良好的操守品行。

5.“久旱”四句：此四件事被古人称为人生四喜，也有说出自南宋洪迈《容斋随笔·得意失意诗》。久旱逢甘雨：又作“久旱逢甘霖”。

二、文学赏析

汪洙，自幼聪明好学，九岁便能写诗，有神童之称。《神童诗》并非汪洙一人所著，而是在汪洙稿的基础上，经过历代编修补充而成。诗句均为格律工整的五言绝句，语意通俗易懂，封建时代常作为儿童启蒙读物，其中劝学的思想仍值得今人借鉴。但同时要摒弃部分思想糟粕，比如“万般皆下品，惟有读书高”“为官须作相，及第必争先”，极力渲染以读书谋求高官厚禄的封建思想，这与新时代的主流价值观是不相合的。

剑　客[1]

[唐]贾岛

十年磨一剑，霜刃未曾试[2]。

今日把示君[3]，谁有不平事。

一、词句注释

1. 剑客：身佩宝剑行侠仗义的人。
2. 霜刃：如霜一样寒光闪闪的剑刃。
3. 示：给……看。

二、白话译文

十年辛劳磨砺一把宝剑，剑刃寒光闪闪、锋利无比，只是没有机会展露锋芒。如今把宝剑展示给你看，谁有不平之事，请一定告诉我。

三、文学赏析

贾岛一生穷愁，诗作多写荒凉枯寂之境，被称为“苦吟诗人”，与孟郊并称“郊寒岛瘦”。

这首诗是他科举落榜后的自喻诗，“十年磨一剑，霜刃未曾试”，意味此剑非同一般，剑刃如霜，锋利无比，却未曾出手展示锋芒。这里以剑客自喻,实为写自己,以剑来代指自己的才能。寒窗苦读如十年磨剑,本想有朝一日出人头地,却如同宝剑无用武之地,于是想把自己的才能展示给世人看,期待有朝一日可以大展鸿图。这里借剑抒情,展现自己的政治抱负。

本诗语言平易,感情充沛,意境激烈,酣畅淋漓,一反往常苦寒的风格,属于贾诗中比较另类的作品。

过平舆怀李子先时在并州[1]

［宋］黄庭坚

前日幽人佐吏曹[2]，
我行堤草认青袍[3]。
心随汝水春波动[4]，
兴与并门夜月高[5]。
世上岂无千里马，
人中难得九方皋[6]。
酒船鱼网归来是，
花落故溪深一篙。

一、词句注释

1. 平舆：在今河南省东南部，驻马店市东部。李子先：黄庭坚的同乡好友，当时在并州（山西太原）任小官。

2. 幽人：品行高尚的人。吏曹：泛指官吏。

3. 青袍：汉代以后贫贱者穿青色衣服，此处泛指职位低微的官吏。

4. 汝水：发源于河南省泌阳县五峰山，流经遂平县、汝南县、平舆县、正阳县，于新蔡县班台村与小洪河汇合流入大洪河。

5. 并门：指并州。

6. 九方皋：春秋时期相马名家，伯乐推荐他为秦穆公相马。

二、白话译文

当年你这位品行高尚的贤人出任小小吏曹，我为你送行，行走在长堤上，看见碧绿的春草，想到自己也穿着青袍，位居下僚。如今心情随着汝水的春波而晃动，想必你的兴致也跟并州城门上的月亮一样渐渐升高。怎么能说世上没有千里马呢？只不过是人世间很难遇到九方皋这样的识马者。还是回到家乡去吧，那里有船可以载酒，有网可以捕鱼，水深大约一篙的溪流上，漂浮朵朵花瓣。

三、文学赏析

宋英宗治平四年（公元1067年），黄庭坚进士及第后，被朝廷派到河南叶县任职，因为到任误期受到批评，加之县尉职位低、俸禄少，难以养家糊口，心中甚为愤懑。宋神宗熙宁四年（公元1071年）春，黄庭坚辞官，经过平舆有感而发，写下此作，表达了得不到赏识欲归田园的心理活动。

本诗紧紧围绕“怀”字展开，“怀”在诗中是惦念，也是寄托心志之意。首联主客并写，构思巧妙，开门见山写友人李子先和自己一样仕途不顺，为“怀”字提供了丰富的素材。颔联虚写夜景，触动真情，以“心随汝水”直写怀友，又想象友人在并州赏月，兴致与皓月争高，将“怀”字具象化。颈联巧用典故，寄意深远，以千里马比喻友人，表达对友人的赞赏以及对二人不遇伯乐的愤懑，深化“怀”的内涵。尾联以景结情，含蓄隽永，遥想故乡的美景，呼唤朋友解官共游，引发友人共情，为“怀”字作结。

“世上岂无千里马，人中难得九方皋”措辞自然，对仗工整，是本诗的精妙之句，显示出诗人锤炼语言的深厚功力。黄庭坚曾以此联示人，认为深得律诗之法。同时，这两句诗又有言外之意，即不是缺乏人才，而是缺少善于识人察人的慧眼。也正因如此，这两句诗常常被人们用作郁郁不得志、才能不被认可时的牢骚语。

白鹿洞二首·其一[1]

［唐］王贞白

读书不觉已春深[2]，
一寸光阴一寸金[3]。
不是道人来引笑[4]，
周情孔思正追寻[5]。

一、词句注释

1. 白鹿洞：位于江西九江庐山五老峰下，是中国古代最早建立的书院之一，中唐时期诗人李渤曾在此读书，因其饲养一头白鹿为伴，故得名。作者王贞白也曾在此读书求学。

2. 春深：春末、暮春。

3. 一寸：指日晷(guǐ)指针变化的距离，指代时间短暂。

4. 引笑：逗笑、开玩笑。

5. 周情孔思：周公礼法和孔子儒学，泛指经史之学。追寻：深入研究。

二、白话译文

读书中不知不觉已到了暮春时节，每一寸时间都如同一寸长的黄金一样珍贵。如若不是道路上的行人嬉戏玩闹，我还沉浸在钻研琢磨经史之学中。

三、文学赏析

本诗是一首惜时诗，描写作者读书生活的场景。首句叙事，写作者求知如渴、孜孜不倦地沉浸在读书求学之中而忘掉时间，他发觉之时已是暮春时节。次句“一寸光阴一寸金”是千百年来脍炙人口的名句，勉励大家珍惜宝贵的时间。三、四句清新自然，言简意赅，在质朴的语言中描绘了一幅场景：作者被道路上往来行人嬉戏的声音所惊扰，不得已中断了学习。本诗告诫我们要珍惜时间，做好积累，持之以恒地涵养学识。

江上值水如海势聊短述[1]

［唐］杜甫

为人性僻耽佳句[2]，
语不惊人死不休[3]。
老去诗篇浑漫与[4]，
春来花鸟莫深愁[5]。
新添水槛供垂钓[6]，
故着浮槎替入舟[7]。
焉得思如陶谢手[8]，
令渠述作与同游[9]。

一、词句注释

1. 值：正逢。水如海势：江水有如大海的气势。聊：姑且。

2. 性僻：性格怪僻，此处乃自谦的说法。耽：喜爱、沉迷。

3. 死不休：到死也不罢休。

4. 老去：年老之后。浑：完全。漫与：一作“漫兴”，不拘泥于规制，随性作诗。

5. 莫：没有。

6. 新添：新做成的。水槛：水边栏杆。

7. 故着：又设置了。槎(chá)：木筏。

8. 焉得：怎么得到。思：文思、文采。陶谢：陶渊明、谢灵运。

9. 令：让。渠：第三人称代词，他们。述作：作诗。

二、白话译文

我性格怪僻，只喜欢沉迷在诗词佳句的创作中，如果不能语出惊人，那么到死也不罢休。年老之后作诗，完全是随性而为，面对春天的花鸟也不再有深深的哀愁。江边新做的栏杆可供我垂钓，又设置了木筏代替小舟浮江漫游。怎么样才能找到陶渊明、谢灵运这样的诗词妙手，让他们与我一同创作，一同游赏？

三、文学赏析

公元761年，作者时年五十岁，居于成都草堂。一日，到锦江河畔观景，正逢江水浩瀚，犹如大海般壮阔。作者借此聊起文学创作的感受，作此诗。

首联，作者自谓“为人性僻耽佳句，语不惊人死不休”，这既是杜甫沉醉于创作的概括，也是其诗文质量上乘的主要原因，可以说正是其一丝不苟、追求卓越的工匠精神，造就了“诗圣”的盛名。颔联依然有自谦之意，说自己老来写诗随心而为，不再如从前那样刻意为之，面对春景花鸟，也不再平添愁绪。这里写出了作者区别于常人“为赋新词强说愁”，虽是自谦，反而更加印证了作者妙笔天成的深厚功力，皆为潜心钻研之结果。颈联回归实景，围绕江水写实，展现自己的闲适生活和恬淡心情。尾联，以“焉”字巧妙转折，作者思路清奇，期盼与陶渊明、谢灵运这样的高手一同游览风光、切磋技艺，觉得那该是多么荣幸的一件事情。本联呼应前文，回到首联诗词创作的话题，显示作者执着的艺术追求。

本诗虚实结合，匠心独具，反映作者苦心孤诣追求最高境界的心理活动，“语不惊人死不休”尤为世人所称赞。

述志抒怀

桃花庵歌

[明]唐寅

桃花坞里桃花庵[1]，
桃花庵里桃花仙[2]；
桃花仙人种桃树，
又摘桃花卖酒钱。
酒醒只在花前坐，
酒醉还来花下眠；
半醒半醉日复日，
花落花开年复年。
但愿老死花酒间，
不愿鞠躬车马前[3]；
车尘马足富者趣，
酒盏花枝贫者缘。
若将富贵比贫贱，
一在平地一在天；
若将贫贱比车马，
他得驱驰我得闲。

别人笑我忒疯癫，

我笑他人看不穿；

不见五陵豪杰墓[4]，

无花无酒锄作田。

一、词句注释

1. 桃花坞：即今苏州市桃花坞大街及其周边地区。桃花坞历史上多有兴废，明朝时唐寅以卖画的积蓄修建“桃花庵”。

2. 桃花仙：指代作者自己。

3. 车马：指高官权贵。

4. 五陵：汉代五个皇帝的陵墓，即长陵、安陵、阳陵、茂陵、平陵，都在长安附近，皇陵周围还环绕着富家豪族和外戚陵墓，后人也用“五陵”指豪门贵族。

二、白话译文

桃花坞里有个桃花庵，桃花庵里有个桃花仙人。桃花仙人种了很多桃树，他摘下桃花卖钱换酒。酒醒的时候静坐花间，酒醉之后就在花下睡觉。半醒半醉之间一天天过去，花开花落之间一年又一年过去。只想在桃花和美酒之间老去，不愿在权贵面前卑躬屈膝阿谀逢迎。车水马龙、迎来送往是权贵们的乐趣所在，酒杯花枝才是我的爱好。若把富贵和贫贱相比，一个在平地一个在青天。若把贫贱之人和达官显贵相比，他们终日奔波劳碌我却可以有闲情逸致。别人取笑我疯疯癫癫，我却讥讽他们看不透世事变迁。君不见那些豪门贵族虽然也曾辉煌一时，如今却连墓冢都看不见了，只能被用作耕种的田地。

三、文学赏析

明弘治十二年（公元 1499 年），唐寅入京参加会试，因牵连徐经科场案下狱，后被罢黜为浙藩小吏，他个人深以为耻，坚决不去就职，失意之余远游闽、浙、赣、湘等地，靠卖画为生，纵情于酒色以自娱。弘治十八年（公元 1505 年），唐寅建桃花庵别业后作此诗。

作者以诗言志，以“桃”寓“逃”，表达自己乐于归隐、淡泊功名、不愿与世俗接近、追求闲适的生活态度。诗中通篇充斥“花”“桃”“酒”“醉”等香艳字眼，却毫无低俗之感，贫富穷达固然天壤之别，在桃花隐士看来却更珍惜那份闲适自在，不愿卑躬屈膝、车马劳顿。

全诗语言直白，浅显易懂，近乎民谣的风格蕴含无限的艺术张力，让人内心产生强烈的认同感，实乃唐寅诗上乘之作，著名影片《唐伯虎点秋香》曾引用本诗，使得《桃花庵歌》知名度更高。

湖上杂诗

[清]袁枚

葛岭花开二月天，
游人来往说神仙。
老夫心与游人异[1]，
不羡神仙羡少年。

一、词句注释

1. 老夫：作者袁枚自称。异：不同。

二、白话译文

二月时节，葛岭的花儿都开了，游人来来往往，络绎不绝，都称说想要做神仙。我的心思却与他们不一样，我不羡慕神仙，只羡慕那些青春少年。

三、文学赏析

袁枚，清代著名性灵派诗人，主张诗文要空灵通透，写出真实性情。他三十三岁在南京购置废弃园林并加以修缮，起名“随园”，自号“随园主人”“随园老人”，著有《随园诗话》

等。

本诗以郊游场景开篇,在闲情逸致中借景抒情,采用对比手法,表达作者对青春年少的无限留恋与向往。“不羡神仙羡少年”以老年人的口吻慨叹光阴的珍贵,此句常为世人引用。

行路难·其一

［唐］李白

金樽清酒斗十千[1]，
玉盘珍羞直万钱[2]。
停杯投箸不能食[3]，
拔剑四顾心茫然。
欲渡黄河冰塞川，
将登太行雪满山。
闲来垂钓碧溪上，
忽复乘舟梦日边[4]。
行路难，行路难，
多歧路，今安在[5]？
长风破浪会有时，
直挂云帆济沧海[6]。

一、词句注释

1. 樽：古代盛酒的容器，以金为饰。清酒：清醇的美酒，指代好酒，区别于廉价的浊酒。斗十千：一斗价值十千（即万钱），形容价格昂贵、品质上乘。

2. 羞：同“馐”，美味佳肴。直：同“值”，价值。

3. 箸：筷子。

4.“闲来”二句：暗用典故，一是姜太公吕尚曾在渭水的磻（pán）溪上钓鱼，得遇周文王，助周灭商；二是伊尹曾梦见自己乘船经过日边，后被商汤聘请，助商灭夏。这两句表达自己期盼有朝一日能东山再起，成就一番宏图伟业。

5. 歧路：岔路。安：哪里。

6.“长风”二句：长风破浪，指实现政治抱负。据《宋书·宗悫传》载：宗悫（què）少年时，叔父宗炳问他的志向，他说“愿乘长风破万里浪”。会：终将。云帆：高高的船帆。济：渡。

二、白话译文

精美的金杯斟满斗酒万钱的佳酿，玉盘盛装的珍馐佳肴价值万钱。心情烦闷使我放下杯筷不愿进食，拔出宝剑四下张望，心中一片茫然。想要渡过黄河却被坚冰堵塞，想要登临太行却大雪封山。遥想当年，姜太公渭水垂钓得遇文王，伊尹乘舟梦日，受聘助商灭夏。人生的道路何其艰难！何其艰难！岔路口纷繁复杂，真正的康庄大道究竟是哪条？我相信乘风破浪实现人生价值的机会终将到来，到那时将高扬船帆远渡沧海。

三、文学赏析

唐玄宗天宝元年（公元 742 年），李白奉诏入京担任供奉翰林。他才高志大，本想像诸葛亮等先贤一样辅佐君王成就一番大业，却未得到皇帝重用，反而被权贵排挤，两年后被“赐金放还”，本诗即是作者在离开京城时所作。

开篇写朋友对李白的深厚情谊，价值不菲的琼浆玉液、珍馐佳肴，足见为李白饯行的宴席的丰盛与隆重，就连酒杯餐具都是金樽、玉盘，将丰盛与隆重体现到了极致。按照李白放荡不羁、嗜酒如痴的风格，定当“会须一饮三百杯”才对，可接下来却画风陡转，停、投、拔、顾等一连串的动作，形象地展示了作者内心的苦闷与茫然，随后他将这种感觉作了非常生动的描述：想要渡河却被坚冰阻塞，想要登山山路却被积雪封堵，这是多么痛的感受啊，换作常人肯定要消沉到底了。浪漫主义诗人的特质却在随后发挥作用，想到两位起初在政治上并不顺利、最终却大有作为的人物——姜太公得遇文王、伊尹受聘商汤，这在一定程度上为作者增添了信心。“行路难，行路难，多歧路，今安在？”回到现实中，作者仍不免慨叹人生道路之艰难，这种情感在回环往复中进一步抒发。但是倔强而又自信的李白，绝对不愿意在宴席上表现自己的气馁，尽管前路障碍累累，但仍坚信终有一天要像南北朝时宗悫所说的那样，“乘长风破万里浪”，挂上云帆，横渡沧海，到达理想的彼岸，从而彰显了诗人力图从苦闷中挣脱出来的强大精神力量。

自　嘲

［现代］鲁迅

运交华盖欲何求[1]，
未敢翻身已碰头。
破帽遮颜过闹市，
漏船载酒泛中流[2]。
横眉冷对千夫指[3]，
俯首甘为孺子牛[4]。
躲进小楼成一统[5]，
管他冬夏与春秋。

一、词句注释

1. 华盖：星座名，旧时人们认为命中若犯了华盖星，就会交上霉运。

2. 中流：急流。

3. 横眉：怒目而视的样子。千夫指：指敌人的围攻，这里是反其意而用之。

4. 孺子牛：出自《左传》，齐景公在位时，最喜欢小儿子晏孺子，经常带其玩耍，甚至口衔绳子扮作牛让孩子牵着走，一次孩子不小心摔倒，拉断齐景公一颗牙齿。故事充分体现了齐景公对孩子的爱，这里比喻心甘情愿为人民服务。

5. 成一统：隔绝外界干扰，成为一个独立的小天地。

二、白话译文

时运不济命犯华盖，又有什么办法呢？不敢翻身已经碰得头破血流。头戴破帽遮挡容貌穿过热闹的集市，就像乘着载酒的破船在河流中行进。面对敌人的围攻，怒目而视没有丝毫畏惧，俯下身子，甘愿为人民群众做牛做马奉献自己。栖身于暂且避开乌烟瘴气的居所，不管外面恶劣的环境如何变化。

三、文学赏析

1932年10月12日，郁达夫夫妇在上海聚丰园饭店宴请兄长郁华、好友鲁迅和柳亚子夫妇等人，宴席结束时郁达夫拿出一幅素绢，请客人题词留念，鲁迅当场写下对联“横眉冷对千夫指，俯首甘为孺子牛”。半年后，他在此基础上写了本诗赠予柳亚子。

这首诗首联、颔联用词精炼，描写自己的危险境地。20世纪20年代，鲁迅在北京遭受北洋军阀政府的免职通缉；30年代初，又遭受国民党统治者的威胁迫害，处境十分危险。“何求”“未敢”表达了作者处处碰壁、无可奈何的心境，“破帽遮颜”“漏船载酒”更是将这种危险境地逼真地刻画出来，“过闹市”“泛中流”则表明作者临危不惧、迎难而上的斗争品格。

颈联既写出了作者内心的坚贞和对敌人的蔑视，也写出了对劳苦大众的无限深情。毛泽东同志于 1942 年 5 月在延安文艺座谈会上指出，“横眉冷对千夫指，俯首甘为孺子牛”应该成为我们的座右铭。尾联“躲”展现了作者的斗争艺术和技巧，坚信曲折的革命斗争终究会迎来胜利的曙光。

乌衣巷[1]

［唐］刘禹锡

朱雀桥边野草花[2]，
乌衣巷口夕阳斜。
旧时王谢堂前燕[3]，
飞入寻常百姓家[4]。

一、词句注释

1. 乌衣巷：位于南京市秦淮河上文德桥南岸旁，地处夫子庙秦淮风光核心地带，是中国历史上最悠久最著名的古巷之一。乌衣巷是当时中国世家大族的居住之地，三国时是吴国戍守石头城部队营房所在地，东晋时是王导、谢安两家豪门大族的宅第。关于乌衣巷的得名，有两种说法：一是这里曾是东吴时期的禁卫军驻地，由于军士都穿乌衣，由此得名乌衣营，后改乌衣巷。二是东晋时期王、谢两族子弟都喜欢穿乌衣以显身份尊贵，因此得名。

2. 朱雀桥：位于南京市秦淮区中华门城内的武定桥和镇淮桥间，建在内秦淮河上，是市中心通往乌衣巷的必经之路，因面对六朝时期都城正南门朱雀门，故名。朱雀桥是六朝时期分布在石头城至清溪之间秦淮河上二十四座浮航中最大的一座，又称大航、大桁、朱雀航。

3. 王谢："王"指王导，他辅佐创立了拥有百年历史的东晋王朝；"谢"指谢安，他指挥淝水之战，以少胜多，打败了前秦大军。作为一代名相，王、谢足以令后人追怀。同时，王、谢家族人才辈出：王羲之与另外两位大书法家王献之、王珣，书法成就登峰造极；谢灵运是中国山水诗派的鼻祖，他与谢氏后裔的大诗人谢惠连、谢朓，在文学史上并称"三谢"。

4. 寻常：平常、普通。

二、白话译文

朱雀桥边长满丛丛野草、点点野花。乌衣巷口断壁残垣，正是夕阳西斜时分。从前在王、谢家大堂前筑巢的燕子，如今飞进平常百姓人家。

三、文学赏析

《乌衣巷》是刘禹锡的代表作之一。唐敬宗宝历二年（公元 826 年），刘禹锡由和州（今安徽省和县）刺史任上返回洛阳，途经金陵（今南京），写了一组咏怀古迹的诗，总名《金陵五题》，其中第二首即《乌衣巷》。

首句一个"野"字，描绘了朱雀桥边惨淡寥落之境。次句夕阳西斜，再添日薄西山、苍凉凄寂之感。用朱雀桥来映衬乌衣巷，可谓"一石三鸟"：一是二者位置毗邻，符合地理的真实；二是"朱雀桥"同"乌衣巷"偶对天成，形成对仗的美感；三是朱雀桥可以唤起相关历史联想。

曾经辉煌的王、谢家族(琅琊王氏、陈郡谢氏)已湮灭在历史的长河中,曾经繁华热闹的乌衣巷已然野草遍地、荒芜败落,曾经在权贵雕梁画栋的豪宅中穿行的飞燕,仿佛历经四百年而不老,飞入如今的平民百姓家。飞燕这一精心选取的形象,蕴藉着作者的情感寄托。作者生活在安史之乱之后,有感于乌衣巷的兴衰枯荣、繁华逝去,产生了强烈的感慨,从而创作了这一名篇佳作。也正是因为这首《乌衣巷》,使得更多的人走进南京夫子庙景区,了解乌衣巷和其背后的那段历史。

祝母寿诗

［清］慈禧

世间爹妈情最真，
泪血溶入儿女身。
殚竭心力终为子，
可怜天下父母心[1]！

一、词句注释

1. 可怜：可爱、可贵。

二、白话译文

人世间爹娘对子女的感情最为真挚，所有的心血都倾注在儿女身上。竭尽全力、用尽心思都是为了孩子，天底下最难能可贵的就是父母对子女的良苦用心。

三、文学赏析

慈禧太后母亲的宅邸在锡拉胡同，距离紫禁城咫尺之遥。在母亲六十大寿时，慈禧太后却因接待外国使团无法参加寿宴，就让侍臣给母亲送去很多东西，同时亲笔写下这首诗装裱后送给母亲。

慈禧太后纵然身居高位,依然是父母的孩子,这首诗把父母对子女的感情描绘得淋漓尽致。“可怜天下父母心”成为描绘父母对子女无微不至的关心的经典诗句。

贾　生[1]

［唐］李商隐

宣室求贤访逐臣[2]，
贾生才调更无伦[3]。
可怜夜半虚前席[4]，
不问苍生问鬼神[5]。

一、词句注释

1. 贾生：贾谊，西汉著名政论家、文学家，他善于针砭时弊，力主改革，却遭谗被贬，后因梁王坠马而自责不已，终忧郁而亡，年仅33岁，其代表作有《过秦论》《论积贮疏》《陈政事疏》。

2. 宣室：汉代未央宫前殿正室。逐臣：被放逐的臣子，指贾谊。

3. 才调：才华、格调。无伦：无与伦比。毛泽东主席在《七绝·贾谊》中化用此句为“贾生才调世无伦”。

4. 可怜：可惜、可叹。虚：白白地、徒劳。前席：把座席往前移。

5. 苍生：百姓。问鬼神：询问探讨鬼神之说。

二、白话译文

汉文帝为了求贤，曾在未央宫宣室召见被贬逐的贾谊，贾谊的才华格调确实世间罕见。探讨至夜深，汉文帝的座位频频前移，可惜也是徒劳，因为他关心的不是百姓疾苦而是鬼神之说。

三、文学赏析

贾谊才华横溢却怀才不遇，被贬为长沙傅。贾谊被汉文帝召见回京深夜长谈一事，谈论的不是民间疾苦而是鬼神之说。作者借古讽今，讽刺晚唐君主不任贤良、荒于政事、求丹问药、无视民间疾苦的昏庸作派。

前两句以平和的语气描写汉文帝召见贤臣，“求”“访”体现了君主求贤若渴的心态和对贾谊才华的极度肯定。后两句却急转直下，深夜长谈和前移座席却为鬼神之说，置苍生社稷于不顾，“可怜”“虚”极言作者失望、轻蔑之意，以此映射不顾民生的晚唐帝王，可谓用心良苦。

己亥杂诗·其五[1]

[清]龚自珍

浩荡离愁白日斜[2]，
吟鞭东指即天涯[3]。
落红不是无情物[4]，
化作春泥更护花。

一、词句注释

1. 己亥：公元 1839 年。

2. 浩荡：无限。离愁：离愁别绪。白日斜：太阳西落。

3. 吟鞭：行吟诗人的马鞭。东指：指向东方，即家乡杭州的方向。即天涯：犹如天涯之远。

4. 落红：落花。

二、白话译文

望着夕阳，我满怀离愁，挥动马鞭指向东方故乡，从此与京城就是天涯之远了。凋落飘零的花朵绝非无情无义，化为泥土只为更好地培育新的花朵。

三、文学赏析

龚自珍(公元 1792—1841 年),浙江杭州人,清代思想家、诗人、文学家和改良主义的先驱者,龚自珍有强烈的爱国主义精神,主张改革内政,抵御外国侵略,因屡屡针砭时弊,遭权贵排挤打击,遂于 1839 年(农历己亥年)辞官离京,后又北上迎接妻小。在南来北往的路途中,每有感而作,先后达 315 首之多,合集为《己亥杂诗》。

本诗是诗集中的第五首,写出诗人挣脱仕途、离开京城时的内心活动:怀揣离愁,仍心忧国家社稷。

前两句借景抒情,“白日斜”“即天涯”描写了作者的离愁别绪,纵然作者离开京城权势之地、复归自由世界是主动而为之,然而想到以后京城已是山高路远,将与故人天各一方,难免在离别之际涌上无限愁思。

三、四句继续抒情,由离别转为报国:纵然是凋零的落花也要化作春泥来滋养新生的花朵。作为辞官的文人志士,依然关心国家命运,愿意为报效国家奉献全部力量,充分表达了诗人的胸襟和心志,成为传世名句。

夜　读

[明]唐寅

夜来欹枕细思量[1]，
独卧残灯漏夜长[2]。
深虑鬓毛随世白，
不知腰带几时黄[3]。
人言死后还三跳[4]，
我要生前做一场。
名不显时心不朽[5]，
再挑灯火看文章。

一、词句注释

1. 欹(qī)：斜靠。

2. 漏夜：深夜。

3. 黄：指飞黄腾达。

4. 三跳：古时候人死之后，要请道士、和尚或巫师在灵堂做法事，整个过程伴随着念咒诵经、步罡踏斗等仪式，充满浓厚的宗教气氛。有种说法是：头七跳一跳，五七跳二跳，七七跳三跳。后来异化为死人都要跳三跳，做最后的挣扎。

5. 朽：停止。

二、白话译文

夜里斜靠着枕头细细思量，一个人躺在昏暗的灯光下更觉得黑夜漫长。深深忧虑鬓发会随着时间流逝而变白，却不知什么时候才能求取功名系上镶金戴玉的腰带。人之将死还要做最后的挣扎，我要在有生之年大干一场。我名声尚未显达时不会死心，要继续挑灯苦读考取功名。

三、文学赏析

唐寅（公元 1470—1524 年），字伯虎，号六如居士，明代著名的画家、书法家、诗人，文学上与徐祯卿、祝允明、文徵明并称为“江南四大才子”，绘画上与沈周、文徵明、仇英并称“吴门四家”，又称“明四家”。

唐寅十六岁时考取秀才，二十余岁时家中连遭不幸，父母、妻子、妹妹相继去世，家道衰落，在好友祝允明的规劝下潜心读书。二十八岁时考中应天府乡试第一（解元），入京参加会试。第二年卷入徐经科场舞弊案，坐罪入狱，贬为浙藩小吏，从此丧失科场进取心，游荡江湖，埋没于诗画之间，终成画坛一代名家。唐寅晚年穷困潦倒，依靠朋友接济生活，五十四岁病逝。

本诗语言流畅通俗，直抒胸臆。作者采用先抑后扬的手法，表达对寥落惨淡的人生现状深深的忧虑。后句以诗言志，一扫阴霾，激励自己要努力奋斗求取功名，展现了不达目标誓不罢休的坚定决心。“名不显时心不朽，再挑灯火看文章”也成为激励失意者埋头苦读、实现人生理想的名言警句。

酬乐天咏老见示[1]

［唐］刘禹锡

人谁不顾老[2]，老去有谁怜[3]。
身瘦带频减[4]，发稀冠自偏[5]。
废书缘惜眼[6]，多灸为随年[7]。
经事还谙事[8]，阅人如阅川[9]。
细思皆幸矣[10]，下此便翛然[11]。
莫道桑榆晚[12]，为霞尚满天[13]。

一、词句注释

1. 乐天：白居易的字。

2. 顾：念，指考虑。

3. 怜：怜爱、怜惜。

4. 带：腰带。频减：多次缩紧。

5. 冠：帽子。

6. 废书：丢下书本，指不看书。缘：因为。惜：爱惜。

7. 灸：艾灸，中医的一种治疗方法。随年：适应身体需要。

8. 谙：熟悉。

9. 阅人如阅川：阅历人生如同积水成川，日渐丰盈。

10. 幸：幸福，引申为优点。

11. 下此：改变对衰老的担忧。翛(xiāo)然：无拘无束、超然洒脱的样子。

12. 桑榆：指夕阳照到桑树榆树枝头，意指人生暮年。

13. 霞：意指晚霞。

二、白话译文

人生在世有谁能不考虑老年呢？年老之后又有谁来怜惜呢？身体日渐消瘦腰带要频频缩紧，头发稀疏帽子经常偏移。因爱惜眼睛已不再看书，为适应身体需要经常艾灸治疗。经历世事多了见识也就广了，接触了解的人越多，体察识人也就越深邃丰盈。细细想来这些都是年老的优点啊，放下对衰老的忧虑也就超然洒脱了。不要觉得太阳照到桑榆树梢就晚了，霞光余晖依然可以映红整个天空。

三、文学赏析

刘禹锡之所以被称为“诗豪”，是因为他总能变化角度看待问题，将常人颓废消极的看法赋予豪放超脱之意，本诗就是如此。

在普通人看来，人到老年会面临身体消瘦、头发稀疏、视力下降、多病缠身等问题，一想到此总让人郁郁寡欢，作者深以为然。同时作者更进一步指出，随着年岁的增长，人生阅历将更加丰富，处事经验逐渐累积，识人察人将更加娴熟得当，考虑问题将更加全面客观。正确对待这个问题，摒弃叹老嗟老的偏颇认知，有助于树立正确的老年观，保持积极进取的心态，实现老当益壮、老有作为。

“莫道桑榆晚，为霞尚满天”，这句深受人们喜爱的名句千古传诵，从中我们感受到刘禹锡对待生命、对待生活那种积极乐观向上的豪迈气质。千百年来，这句诗也激励着人们即使身处暮年，依然要壮心不已、穷尽光热。

题玉堂壁[1]

[宋]陶谷[2]

官职须由生处有[3]，
文章不管用时无。
堪笑翰林陶学士[4]，
年年依样画葫芦。

一、词句注释

1. 玉堂壁：指翰林院的墙壁。
2. 陶谷：又作陶穀。
3. 生处：出身、命运。
4. 陶学士：指代自己。

二、白话译文

做官全靠家庭出身，是命中注定的，朝廷用人是不管有没有才能本事的。最为可笑的是翰林院陶学士，一年一年机械模仿惯例，依照样子画葫芦。

三、文学赏析

陶谷（公元903—970年），本姓唐，字秀实，邠（bīn）州新平(今陕西彬州市)人,北宋大臣。

陶谷早年历仕后晋、后汉、后周,曾先后担任单州判官、著作佐郎、监察御史、知制诰、仓部郎中、中书舍人、给事中、户部侍郎、兵部侍郎、吏部侍郎、翰林学士承旨等官职。据宋人文莹《续湘山野录》和魏泰《东轩笔录》记载,北宋初年,陶谷在翰林院当差,托人在宋太祖面前积极活动,希望受到重用。但是宋太祖却不太看得起这批词臣,说:“翰林草制(起草皇帝命令),皆捡前人旧本,率由旧章,改换词语,所谓‘依样画葫芦’耳!”所以他写下这首诗表达不满,宋太祖得知此事后也不再重用陶谷。“依样画葫芦”沿用下来,成为成语。

第一句是“须由生处有官职”的倒置句。生处有,就是命中有。意谓做官全靠命,靠出身、家庭,其他无需有。第二句是“不管用时无文章”的倒置句,意谓用人时不管有没有本事、才能。翰林陶学士,指诗人自己,当时他是翰林院学士。依样画葫芦,比喻单纯模仿,没有创新。

这首诗值得一提的是,它敏锐地概括了宋代的官风,即一切“率由旧章”,“依样画葫芦”,如法炮制,不思进取。虽是牢骚之作,却真实地反映了当时的社会现实。

入　京

［明］于谦

绢帕蘑菇与线香[1]，

本资民用反为殃。

清风两袖朝天去[2]，

免得闾阎话短长[3]。

一、词句注释

1. 线香：指用香料粉末制成的细长条状物，用来祭祀或祛除异味，与绢帕、蘑菇等代指山西、河南一带的土特产品。

2. 朝天：指进京。

3. 闾阎（lǘ yán）：老百姓。古代二十五家为一闾，里巷内外的门为阎。

二、白话译文

绢帕、蘑菇、线香等土特产，本来应该是老百姓自己享用的，却被官吏们搜刮走了，反而给人民带来了灾难。我两手空空进京去，免得被老百姓说闲话。

三、文学赏析

于谦，明朝著名的民族英雄、军事家、诗人，他作风廉洁、为人正直，诗作多为忧国忧民或表露心志之作。当时社会贪腐成风，朝政腐败，地方官进京时，都要带上当地特产打点京城权贵，乃至进贡天子。于谦任山西、河南巡抚时，进京议事总是两手空空，别人劝他，他借诗言志，表明自己一定要保持节俭，务守清廉。

本诗前两句，选取丝绢手帕、蘑菇、线香等地方特产，这些物资本是当地百姓谋求生活之用，却被地方官吏作为民脂民膏大肆搜刮，给百姓带来灾殃。后两句运用抒情手法，形象描述了作者为官节俭清廉的心志，这两句是千古传诵的名句，也正是作者的内心直白。

蜀先主庙[1]

［唐］刘禹锡

天地英雄气[2]，千秋尚凛然。
势分三足鼎[3]，业复五铢钱[4]。
得相能开国[5]，生儿不象贤[6]。
凄凉蜀故妓，来舞魏宫前[7]。

一、词句注释

1. 蜀先主庙：蜀先主即蜀汉昭烈帝刘备，西汉中山靖王刘胜的后代，蜀汉开国皇帝，史家多称其为先主。《三国演义》中刘备在与东吴的大战中病危，于白帝城托孤诸葛亮。蜀先主庙是为纪念刘备而修建的，位于夔州（今重庆奉节县）东面的白帝山上。

2. 天地英雄：又作“天下英雄”。曹操在许都与刘备青梅煮酒，曾说“天下英雄，唯使君与操耳”。

3. 三足鼎：即蜀国刘备、魏国曹操与吴国孙权三个政权共存，势如三足之鼎。

4. 五铢钱：铢乃古时的重量单位，一斤为十六两，一两为二十四铢。当时一斤约 256 克，五铢约 3.33 克。五铢钱始于西汉，钱上有“五铢”两个篆字，最初铸于汉武帝元狩五年（公元前118年）。王莽篡汉后禁止五铢钱流通使用，先后规定的货币有三十多种，形式模仿周制，等级繁杂，使用不便，加之不足值的大额货币泛滥，导致经济混乱、民不聊生，百姓怨声载道，民间童谣到处传唱：“黄牛白腹，五铢当复……”光武帝刘秀重建汉室后，为顺应民心，于东汉建武六年（公元30年）恢复了五铢钱制。此后三国、两晋、南齐、梁、陈、北魏、隋和唐代初期，各朝各代均一直在铸造和行用五铢钱，直到唐朝开国后，李渊、李世民父子于武德四年（公元621年）整顿币制，废除五铢钱。至此，通行了739年的五铢钱才黯然退出历史舞台（注：王莽执政期间五铢钱亦在民间使用，并未实际停用）。五铢钱是我国乃至世界历史上铸行数量最多、使用时间最长、最为成功的国家法定货币，在钱币界被称为长寿钱。

5. 得相能开国：相，即丞相诸葛亮。在诸葛亮的大力辅佐下，刘备建立蜀汉政权，于公元221年在成都称帝，国号汉。

6. 生儿不象贤：儿，即刘禅，小名阿斗。据传刘禅之母甘夫人因夜梦仰吞北斗而怀孕，所以刘禅的小名叫作“阿斗”。后人常用“阿斗”或“扶不起的阿斗”形容庸碌无能的人。

7. “凄凉”二句：刘禅投降魏国后，被封为安乐公，司马昭让蜀国的女乐表演歌舞，其间司马昭问他在魏国过得怎么样，蜀国人都非常羞愧，刘禅却大言不惭地说：“此间乐，不思蜀。”这也正是成语“乐不思蜀”的出处。

二、白话译文

蜀先主刘备的英雄气概充斥于天地之间，纵是千秋万代依然令人肃然起敬。从籍籍无名的小卒，壮大到与吴魏三分天下，志在重兴五铢钱匡扶汉室。三顾茅庐请得诸葛亮辅佐建立蜀国，可惜生了个无能的刘禅不像父亲那样贤良。可怜那些被俘虏的蜀国女乐，在魏国的宫殿里表演时刘禅却毫无愧意。

三、文学赏析

公元821—824年，刘禹锡任夔州刺史，《蜀先主庙》即作于此时。诗的开篇就大气磅礴、直抒胸臆，从“天地”的空间和“千秋”的时间两个维度表达对刘备的敬仰之情，同时，引用曹操刘备青梅煮酒论英雄的典故，“天下英雄，唯使君与操耳”，以映衬刘备的雄才大略。颔联承上，寥寥数字高度概括刘备的功业，“三足鼎”“五铢钱”对仗工整，特别是选取“五铢钱”作为汉代政权的代表，看似随意实则精心雕琢，可谓匠心独具。颈联话锋一转，成败皆由人，分析了功成立国和日渐衰微的主要原因，立意深刻，正反相衬，对比鲜明，由此引出尾联，刘禅不惜祖业、麻木不仁，被俘实属必然。

诗文前写业盛，后写势衰，道出了古今兴亡的历史变换，充斥着崇敬英雄、鄙薄庸碌的内心感情，充盈着对蜀汉消亡的无限嗟叹之情。全文高度概括，用词凝练，选取典故瞬间回味史事，既遒劲又苍凉，回味久远，这也是它千百年来传颂不息的重要原因。

洗儿戏作[1]

[宋]苏轼

人皆养子望聪明[2]，
我被聪明误一生。
惟愿孩儿愚且鲁[3]，
无灾无难到公卿[4]。

一、词句注释

1. 洗儿：古代风俗，在新生儿出生三天或满月的时候，邀请好友集聚为婴儿洗身，寓意吉庆，主人和客人会表达美好的祝愿。戏作：开玩笑而作。

2. 养子：生育子女。

3. 愚且鲁：愚昧无知、反应迟钝。

4. 公卿：泛指高官。

二、白话译文

每个人养育子女，总是希望孩子聪明伶俐，但聪明又有什么好处呢？我就是被聪明耽误了一辈子。只希望我的孩子愚钝一些，没有灾难祸患，能够做到高官。

三、文学赏析

宋神宗元丰三年(公元1080年),苏轼贬谪黄州期间,侍妾朝云诞下一子,小名干儿,即苏轼的小儿子苏遁。满月礼上,苏轼感于自己的人生经历,作下此诗。

诗中一个“望”字即为家长的普遍心理——望子成龙、望女成凤,写明了苏轼对孩子的期许。一个“误”字点明了自己的人生,用字可谓凝练传神。

正因为自己聪明遭人嫉妒,过得潦倒不堪,于是想法和常人不一样,希望孩子愚钝一些,但为何又到公卿呢?其实这里有对公卿的蔑视之意,作者因为聪明而颠沛流离,想必公卿则是愚鲁的吧,嬉笑间表达了对官场的讽刺。

狱中题壁

[清]谭嗣同

望门投止思张俭[1]，
忍死须臾待杜根[2]；
我自横刀向天笑[3]，
去留肝胆两昆仑[4]。

一、词句注释

1. 望门投止：看见人家意欲留宿。张俭：东汉末年人，因弹劾宦官反遭迫害而逃亡，沿途百姓敬重他的品行，没有担心受牵连而将张俭拒之门外。

2. 忍死：装死。须臾：片刻，很短的时间。杜根：东汉人，他建议垂帘听政的邓太后把朝政大权归还给汉安帝，因此惹怒太后，太后命人将其装入袋中打死，行刑之人心有不忍，没有用力，随后杜根被车子拉出城外后苏醒，太后遣人检验时杜根装死，三天后眼睛生了蛆虫，太后确信其已死，之后杜根得以逃脱。

3. 横刀：屠刀，指就义。

4. 去：指康有为等人。留：指自己。

二、白话译文

希望康有为、梁启超等人能够像东汉张俭一样，逃亡时得到别人的帮助保护，也能像杜根那样忍辱待机完成变法大业。我自仰天大笑，慷慨就义，去者和留者都能光明磊落、肝胆相照，犹如昆仑山上的两座高峰比肩而立、令人景仰。

三、文学赏析

1898年6月，光绪帝颁布《定国是诏》宣布变法，史称“戊戌变法”，谭嗣同奉命入京参与变法，然而很快慈禧太后发动政变，囚禁了光绪皇帝，大肆捕杀维新派人员，作者拒绝逃走，决心以自己的慷慨就义唤醒国人。临死前，谭嗣同在狱中墙壁上作诗明志，表达自己愿为变法献身的豪迈气概。

前两句借用张俭和杜根的典故，希望战友们能够死里逃生，保留维新变法的火种。后两句表明心志，自己为唤醒民众视死如归，变法还要继续仰仗革命友人，虽然去留的道路不一样，目标却是一样的，都是为了身后伟大的事业，所以他们正像巍巍昆仑的两座奇峰，比肩并秀，令人景仰。

定风波·莫听穿林打叶声

［宋］苏轼

莫听穿林打叶声[1]，
何妨吟啸且徐行[2]。
竹杖芒鞋轻胜马[3]，
谁怕？一蓑烟雨任平生[4]。

料峭春风吹酒醒[5]，
微冷，山头斜照却相迎[6]。
回首向来萧瑟处[7]，
归去，也无风雨也无晴[8]。

一、词句注释

1. 穿林打叶声：雨滴穿透树林打在枝叶上的声响。
2. 吟啸：吟诵长啸。徐行：慢步前行。
3. 芒鞋：草鞋。
4. 蓑：蓑衣。
5. 料峭：微冷的样子。
6. 斜照：快要落山的太阳。

7. 向来：刚才。萧瑟：指风雨吹打。

8. 也无风雨也无晴：也不惧风雨，也不喜晴天。

二、白话译文

不用在意那穿过树林打湿树叶的雨声，何不放声吟咏长啸，从容而行。拄着竹杖脚穿草鞋，走得比马儿还轻快，有什么好担心的呢？一身蓑衣任凭风吹雨打，照样过我的一生。

微冷的春风吹醒我的酒意，感到稍微有些寒意，山头夕阳却露头相迎。回头看一看刚才风雨吹打的地方，我信步归去，无所谓风雨还是晴天。

三、文学赏析

这首词前有小序："三月七日，沙湖道中遇雨。雨具先去，同行皆狼狈，余独不觉。已而遂晴，故作此词。"介绍了春日与朋友出游，天忽降大雨，朋友因淋雨而深感狼狈，苏轼则坦然面对的情形。

此词作于公元1082年，此时的苏轼已在黄州谪居两年有余，向来旷达超脱的苏轼面对仕途的起落、生活的坎坷，心境已更加淡然。

上阕首句"穿林打叶声"描述雨点之密集，"莫听"则表明作者心态之平和淡然，"何妨吟啸且徐行"则加深了旷达洒脱之程度，充满俏皮的味道。"竹杖芒鞋轻胜马"非实写，根据生活经验，在风雨交加的天气里，竹杖芒鞋肯定不如快马飞驰。这里用物象比喻两类身份、两种人生，"竹杖芒鞋"代表山野村夫，“马”代表肥马轻裘的贵族。“谁怕”是反问句式，意即毫不惧怕。“一蓑烟雨”中的“蓑”指挡雨的蓑衣，从小序“雨具先去”我们得知，此处亦非实指，作者虽未放弃追逐仕途，却也安心接受恬淡的闲居生活。

下阕“山头斜照”呼应小序中的“已而遂晴”，与“料峭春风”形成对比，隐喻人生的坎坷与坦途。尾句“也无风雨也无晴”抒表胸臆，一语双关，不管天气是雨是晴，不管人生顺境逆境，都欣然接受、淡然处之、坦然面对。

本词语言平实不乏诙谐，场景风趣充满哲理，充分展示了苏东坡的性格特点和处事哲学，历来为世人称颂，流传极广，尤其“一蓑烟雨任平生”给无数人以心灵慰藉。

再游玄都观[1]

[唐]刘禹锡

百亩庭中半是苔，
桃花净尽菜花开。
种桃道士归何处[2]？
前度刘郎今又来[3]。

一、词句注释

1. 玄都观：道教庙宇，在长安城南崇业坊（今西安市南门外），现已无存。

2. 种桃道士：暗指贬斥刘禹锡的权贵势力。

3. 刘郎：指作者自己。

二、白话译文

玄都观百亩庭院大半地方长满苔藓，桃花开尽菜花又开。当年遍植桃树的道士去了哪里？曾到此赏花的刘禹锡今天又来了。

三、文学赏析

提及此诗，不得不提及姊妹篇《游玄都观》和作品背后的故事。

唐顺宗永贞元年(公元805年),刘禹锡参加王叔文政治革新失败后,被贬连州(今广东清远下辖连州市)刺史,途中又被贬为朗州(今湖南常德)司马,唐宪宗元和十年(公元815年)朝廷重新启用刘禹锡、柳宗元等人,在从朗州回到长安后,刘禹锡写下了《元和十年自朗州至京戏赠看花诸君子》:"紫陌红尘拂面来,无人不道看花回。玄都观里桃千树,尽是刘郎去后栽。"这首诗表面上是描写人们去玄都观看桃花的情景,骨子里却是在说那些炙手可热的权贵们,也不过是自己被排挤以后才被提拔起来的罢了。作者这种轻蔑和讽刺被权相武元衡等人认为是"语涉讥刺",所以刘禹锡立即遭到打击报复,再次外放连州、夔州、和州等地任刺史。

唐文宗大和二年(公元828年),刘禹锡回到京城长安,再游玄都观时写下此诗,诗前作了一段引言:"余贞元二十一年为屯田员外郎,时此观未有花木。是岁,出牧连州,寻贬朗州司马。居十年,召至京师,人人皆言有道士手植仙桃,满观如红霞,遂有前篇以志一时之事。旋又出牧,于今十有四年,复为主客郎中。重游玄都,荡然无复一树,唯兔葵燕麦动摇于春风耳。因再题二十八字,以俟后游。时大和二年三月。"引言介绍了成篇过程,再咏玄都,对武元衡等权贵显然是一种嘲笑和鞭挞,彰显了作者不为权势低头、乐观旷达的心境。

友谊爱情

无　题[1]

[唐]李商隐

相见时难别亦难[2]，
东风无力百花残[3]。
春蚕到死丝方尽[4]，
蜡炬成灰泪始干[5]。
晓镜但愁云鬓改[6]，
夜吟应觉月光寒[7]。
蓬山此去无多路[8]，
青鸟殷勤为探看[9]。

一、词句注释

1. 无题：唐代以来，诗人有时不愿意标出主题时，常用“无题”作为标题。

2. 难：两个“难”分别指代困难和难舍难分。

3. 东风：指春风。残：凋谢。

4. 丝：一语双关，既指代蚕吐之丝，又与“思”谐音，指代思念。尽：尽头、停止。

5. 蜡炬：蜡烛。泪：指蜡烛燃烧时流下的蜡油，引申为相思之泪。

6. 晓：拂晓，指早上。云鬓改：指年华老去。

7. 应觉：应该觉得。月光寒：指夜渐深。

8. 蓬山：蓬莱山，传说中的仙山，此处指思念对象所在的地方。

9. 青鸟：传说中的三足鸟，西王母的使者。

二、白话译文

相见是那么困难，别离更是难舍难分，更何况是暮春百花凋零之时。春蚕直到临死才停止吐丝，蜡烛烧成灰烬才不再流泪。女子早起照镜子忧虑年华老去，独自吟诵，没有发觉已至深夜，忽然感到冷月侵人。思念之人身居不远处的蓬莱山，却无路可达，期望青鸟可以理解我的情愫，代我探望我深深思念的恋人。

三、文学赏析

唐朝时世人信奉道教、崇尚道术，唐玄宗开元二十年（公元732年）玉真公主到王屋山出家。相传同时期李商隐也曾先后两次在此隐居学道，与玉真公主的侍女宋华阳相遇而生爱。但这段感情却不为礼教和清规容许，后因宋华阳怀孕而迅速曝光，李商隐被贬下山，宋华阳则被勒令回宫（一说音讯全无），于是两人陷入无限的别离之中。这首诗以“无题”为标题，也有以朦胧模糊的诗句暗自表达相思之意。

首联“相见时难别亦难”表明是在离别的时候所作，两个

“难”字形成环绕连绵之势，更加凸显相见之难、相思之苦。“东风”指春风，古诗词中东南西北风分别指代春夏秋冬季，“东风无力”表明时处暮春时节，百花凋零，暗喻美好的年华已逝去。

颔联精心选取春蚕、蜡烛两个意向，“丝”与“思”谐音，指思念之情至死不渝，蜡烛燃烧，形容内心的煎熬化为蜡泪不停流淌，直到自己完全消亡。这两句后来被引申为牺牲自己、奉献他人，常用来形容崇高的教师职业。

颈联“晓镜”“云鬓”“夜吟”“月光”组合在一起，描绘出一幅凄冷、孤寂、萧索的图景。女主人公对镜梳妆，担忧无尽的思念之后容颜老去，反复叨念中已至深夜时分，顿觉冷月无声、寒意侵人，内心一片无奈。

尾联二句，女主人公有意排解情愫，假想相思之人就在不远处的蓬莱仙山，却无路可达，期盼青鸟代为探望，可谓为自己的思念寻找一个出路。但这并没有改变“相见难”的痛苦境遇，不过是无望的寄托而已，相思的痛彻心扉将依旧持续下去。

竹枝词二首·其一[1]

［唐］刘禹锡

杨柳青青江水平，
闻郎江上唱歌声[2]。
东边日出西边雨，
道是无晴却有晴[3]。

一、词句注释

1. 竹枝词：四川东部民歌，刘禹锡在夔州任职时，非常喜欢这种地方民歌，并将当地曲谱进行改进，制作了新的《竹枝词》，主要用于描写当地山水风光和风俗人情，富有生活气息。

2. 唱歌声：又作“踏歌声”。

3. 晴：又作“情”。

二、白话译文

平静的江水边杨柳青葱秀丽，江面上情郎踏歌驾舟而来。东边天晴日出西边却下着雨，说没有晴天其实还是有的。

三、文学赏析

这首诗是描写男女爱情的佳作，语言清新简洁，风格平铺直叙，描写了一位少女在春日的江边，听见情郎的歌声而产生的心理活动。

首句采用起兴的手法，起兴即借鉴古典诗歌中“兴”的表现手法，“先言他物以引起所言之物也”。具体来讲，就是在阐述事理前，先说一个事情，然后在此基础上引发开去，从而把相关道理阐述透彻。“杨柳青青江水平”，描写了少女所见景色，它与后句并无直接关系，却为后句作足铺垫，青青杨柳最易引发情思，接下来情郎踏歌而行，显得行云流水，清新自然。后两句采用双关手法，以“晴”寓“情”，寄“情”于“晴”，语音相同，语义双关，“东边日出”指代“有情”，“西边雨”指代“无情”，到底是“有情”还是“无情”，少女忐忑的情愫在此处已有了答案，“无情”“有情”中着重突出的还是“有”字，这就巧妙地把江上变幻的天气与少女含蓄婉约的心理活动联系起来，“东边日出西边雨，道是无晴却有晴”也因此成为人们经常引用的名言佳句。

题三义塔[1]

[现代]鲁迅

奔霆飞熛歼人子[2]，
败井颓垣剩饿鸠[3]。
偶值大心离火宅[4]，
终遗高塔念瀛洲[5]。
精禽梦觉仍衔石[6]，
斗士诚坚共抗流[7]。
度尽劫波兄弟在[8]，
相逢一笑泯恩仇[9]。

一、词句注释

1. 塔：对冢上立碑的美称，此处并非传统意义上的高耸建筑。

2. 霆：迅雷。熛（biāo）：迸飞的火焰。

3. 鸠：即鸽子，日本人称为“堂鸠”。

4. 值：遇到。大心：宽厚的仁心。

5. 瀛洲：传说中东海上的神山，这里指代日本。

6. 精禽：指精卫鸟。这句是说死去的鸽子如能像梦醒似的复活，它也一定会像精卫鸟一样，去填平东海（暗指向日本帝国主义讨还血债）。

7. 斗士：指参与反法西斯战争的战士。

8. 劫波：佛教用语，指长时期。

9. 泯：消除。

二、白话译文

日本发动侵华战争伤及无辜百姓，断壁残垣中有只饥饿的鸽子幸存。恰好遇到好心肠的日本友人，把这只劫后余生的鸽子带回日本，鸽子死后还建冢立碑予以纪念。如果死去的鸽子化作精卫鸟，必将衔来石头填平东海，消除战争种下的仇恨，中日两国人民将共同抗击法西斯的逆流。

三、文学赏析

这首诗有一段引言："三义塔者，中国上海闸北三义里遗鸠埋骨之塔也，在日本，农人共建。"日军侵华时期，日本生物学家西村真琴为了救援战争中的伤者，于1932年2月作为"服务团长"来到中国。他在上海郊外三义里战乱的废墟里，发现了一只因饥饿飞不动的鸽子，带回日本，取名"三义"，精心喂养，"期待生下小鸽子后，作为日中友好象征送回上海"。可惜这只带回日本的鸽子遭遇黄鼠狼的袭击死亡，西村真琴及周围人在悲痛之余决定将其立冢掩埋。出于对鲁迅先生的景仰，西村真琴修书一封细说原委，并将自己画的鸽子像一并寄给在上海的鲁迅，寄托了中日友好的愿望。鲁迅有感于此事，于1933年6月21日写了这首诗。

首联通过奔霆、飞熛、败井、颓垣等场景，刻画了日本帝国主义的侵略罪行给中国人民带来的巨大伤害；颔联描述以西村真琴为代表的日本人民的真诚友善；颈、尾二联发散开来，通过中国神话中精卫鸟填平东海寓意中日两国的鸿沟终会弥合，两国终将抚平战争的创伤，放下仇怨。

这首诗通过一只鸽子的遭遇，叙述了帝国主义的罪行，又把日本帝国主义和日本人民区分开来。整首诗构思完整、爱憎分明、思想深邃，正是作者个人情感和世界观的真实写照。

赠去婢[1]

[唐]崔郊

公子王孙逐后尘[2]，
绿珠垂泪滴罗巾[3]。
侯门一入深如海[4]，
从此萧郎是路人[5]。

一、词句注释

1. 去：离开。婢：婢女，被役使的女子。

2. 公子王孙：指达官贵人的子弟。后尘：车轮扬起的尘土，指公子王孙争相追求的样子。

3. 绿珠：晋代石崇的宠妾，传说原姓梁，生在白州境内的双角山下（今广西博白县浪平镇），绝艳的姿容世所罕见。赵王司马伦专权后，依附于他的孙秀暗慕绿珠，便派人向石崇索取，遭到石崇拒绝，石崇因此被下狱，绿珠也坠楼身死。这里喻指被人夺走的婢女。罗巾：丝质的手巾。

4. 侯门：指王公贵族的门户。

5. 萧郎：故事源自汉代刘向的《列仙传》。秦穆公时，有个人叫萧史，擅长吹箫，能用箫声引来白孔雀。秦穆公有个女儿,名叫弄玉,很喜欢萧史,秦穆公就把弄玉嫁给了他。萧史每日教弄玉用箫吹出凤凰的声音,几年之后弄玉吹出来的声音就很像凤凰的鸣叫声了,引来了真的凤凰居住在他们的屋子里。因此,秦穆公特意做了个凤台,萧史和弄玉两夫妇都居住在上面。几年之后的一天早晨,两人都随着凤凰飞走了。后人用"弄玉"泛指美女或仙女,用"萧史"借指情郎或佳偶,又称"萧郎"。另外也有一种说法,认为"萧郎"是指梁武帝萧衍,他是南朝梁的建立者,风流多才,在历史上很有名气。不管是哪种说法,"萧郎"都是指代美好的男子或女子所爱恋的男子,这里指代作者自己。

二、白话译文

公子王孙竞相追求,你却如绿珠一样双眼垂泪沾湿手巾。你一旦嫁入豪门望族就如同身陷无穷无尽的大海,以后你我就形同陌路再无交集。

三、文学赏析

唐宪宗元和年间(公元806—820年),家境贫寒的秀才崔郊到襄州投奔姑母,姑母家一婢女生得姿容秀丽,与崔郊日久生情,后来婢女被卖给襄州司空于頔(dí)。崔郊念念不忘,经常到于府附近游荡,希望见到心上人。功夫不负有心人,终于在寒食节等到了心上人外出归来,崔郊自知两人再也不可能在一起,离别之际作诗相赠,就是这首著名的《赠去婢》,也是崔郊唯一一首收录到《全唐诗》的作品。后来于頔读到此诗，深受感动，于是唤来崔郊将婢女带回，并赠予其万贯家财，成就这段姻缘，传为诗坛佳话。

首句运用侧面烘托的写法，一个“逐”字营造了豪门望族子弟竞相追求的场面，虽然没有直接描写女子的美貌，却间接表明其容貌出众。次句“垂泪滴罗巾”描写女子内心的痛苦，这痛苦显然是公子王孙造成的，但作者却没有明说。采用“绿珠坠楼”的典故可谓巧妙应景，一方面都是绝色美人，另一方面却因权贵势力而棒打鸳鸯，充分表达出对权贵的憎恶和对女子的同情。

“侯门一入深如海，从此萧郎是路人。”表面上看是说女子嫁入豪门后薄情寡义，与旧相识形同陌路，其实从前两句不难看出，真正使有情人难成眷属的原因是“深如海”的“侯门”，再次隐晦表达了对侯门的讥讽，反衬自己的哀怨痛苦。“萧郎”一词如同“绿珠”一样，选择看似随意，其实匠心独具，体现了作者深厚的功力，本诗还为后世贡献了两则成语——“侯门似海”“萧郎陌路”，特别是“侯门似海”广为流传。

赠范晔诗

[南北朝]陆凯

折花逢驿使[1]，寄与陇头人[2]。
江南无所有，聊赠一枝春[3]。

一、词句注释

1. 逢：遇到。驿使：古代传递官府公文的官吏。

2. 陇头：陇山，在陕西省境内，因西安也在陕西，故称在西安的范晔为“陇头人”。

3. 聊：姑且。

二、白话译文

在行军途中遇到北去的驿使，于是折枝梅花托他带给远方的你。江南地方没有什么像样的东西，姑且赠给你一枝报春的梅花表达我的祝福。

三、文学赏析

范晔，南朝著名史学家、文学家，著有《后汉书》。陆凯是北魏鲜卑族人，与汉人范晔交好，常有书信来往。

此诗寥寥二十字，描写了富有情趣的场景，俏皮可爱，意蕴深远，表现出宏达的胸襟与真挚的情谊，收到来信后范晔颇为感怀。这件事传出以后，南北两地文人称赞不已。后人以“一枝春”作为梅花的代称，也常用作咏梅和别后相思的典故，并成为词牌名。

木兰花令·拟古决绝词柬友[1]

［清］纳兰性德

人生若只如初见[2]，
何事秋风悲画扇[3]。
等闲变却故人心[4]，
却道故人心易变。
骊山语罢清宵半[5]，
泪雨霖铃终不怨[6]。
何如薄幸锦衣郎[7]，
比翼连枝当日愿[8]。

一、词句注释

1. 决绝词：相恋的男女表达决意分手的词文。柬友：写书信给朋友。

2. 初见：初次见面，指男女恋人初始相处的时光。

3.“何事”句：引用汉代典故，班婕妤为汉成帝宠妃，后被赵飞燕谗害而失宠，作诗《怨歌行》（又称《团扇歌》），描写秋风起天气转凉，团扇被弃之角落的情形。

4. 等闲：轻易。故人：指相恋的人。

5.“骊山”句：指骊山华清宫长生殿，出自白居易《长恨歌》“七月七日长生殿，夜半无人私语时”。

6.“泪雨”句：安史之乱后，唐玄宗携人马向四川转移，途中在马嵬发生兵变，无奈赐死了杨贵妃和杨国忠，杨贵妃自缢身亡前对唐玄宗说“妾诚负国恩，死无恨矣”，后来唐玄宗在路途中听闻雨声、铃声而悲切，遂作《雨霖铃》曲以寄哀思。

7. 薄幸：薄情。锦衣郎：指唐玄宗李隆基。

8.“比翼”句：白居易《长恨歌》有“在天愿作比翼鸟，在地愿为连理枝”。

二、白话译文

与意中人相处如果总像刚刚相识的时候那样甜蜜，那样温馨，那样深情和快乐该有多好。你我本应当相亲相爱，却为何成了今日的相离相弃？如今轻易地变了心，你却反而说情人间本就是容易变心的。唐明皇与杨玉环，在长生殿发誓生死不相离，却又最终作决绝之别，即使如此也不生怨。但你又怎比得上当年的唐明皇呢？他总还是与杨玉环有过比翼鸟、连理枝的誓愿。

三、文学赏析

纳兰性德，字容若，满洲正黄旗人，清代著名词人，被誉为“满清第一词人”。纳兰词在其生前即产生“家家争唱”的轰动效应，他的词以“真”取胜，词风清丽婉约，清新自然。王国维给予纳兰性德极高的评价，他说纳兰性德：“以自然之眼观物，以自然之舌言情，此初入中原未染汉人风气，故能真切如此，北宋以来，一人而已。”

这首词的题目“拟古决绝词柬友”介绍了有关背景，决绝词最早出自《白头吟》，相传为东汉才女卓文君写给变心的丈夫司马相如的，其中有一句“闻君有两意，故来相决绝”，“决绝”意为断绝交情，永不相见。“柬友”二字则意在表明友情也应该如爱情一样忠贞坚守、始终如一。决绝词一般为女性写给男性，全词假借失意女子的口吻，抒发了被抛弃的幽怨之情。

首句“人生若只如初见”，写尽了世人对爱情的期许，始终像初次见面、初始相处时的时光该有多好，以平白清丽的语言写出了广为流传的佳句。“何事秋风悲画扇”借用汉代才女班婕妤《团扇歌》的典故，借秋扇见捐比喻嫔妃受帝王玩弄终遭遗弃的不幸命运，诚如团扇在盛夏时节“出入君怀袖”，而秋季天气转凉后则“弃捐箧笥中”（箧笥〈qiè sì〉：盛物的竹箱）。

“等闲变却故人心，却道故人心易变”看似平铺直叙，其实也借用了典故，出自诗人谢朓的闺怨诗《和王主簿季哲怨情诗》：“故人心尚永，故心人不见。”大意是你这位故人的心意先变了，却说情人间的爱情本来就容易变心。

“骊山语罢清宵半，泪雨霖铃终不怨”是全词第三处用典，借用了唐明皇和杨贵妃的爱情故事。白居易在《长恨歌》里写道：“七月七日长生殿，夜半无人私语时。”这里的长生殿就是骊山的华清宫，玄宗曾在这里向杨贵妃许下爱情的美好誓言,无奈马嵬兵变让深情的恋人生离死别,内心悲痛郁结的玄宗作《雨霖铃》一曲,寄托自己对爱妃的思念之情,这便是本句的由来。

“何如薄幸锦衣郎,比翼连枝当日愿”描述的即是唐明皇和杨贵妃在长生殿里约誓“在天愿作比翼鸟,在地愿为连理枝”的典故。作者用“薄幸锦衣郎”暗示了唐明皇为了天下还是负了杨贵妃,违背了彼此的爱情誓言。“何如”二字表现了失意女子的内心活动,意思是你怎么能比得上唐明皇呢,至少他是万般无奈的,至少他们还有“比翼鸟”“连理枝”的盟誓,言外之意我们怎么能比得上呢?人心是如此的变化无常啊!

通篇除了首句“人生若只如初见”外,可谓处处用典,巧妙地通过历史典故,生动形象地表现出人们渴求爱情永恒的美好愿望,却又经常面临感情生变的痛苦际遇。

卜算子·我住长江头

[宋]李之仪

我住长江头，
君住长江尾。
日日思君不见君，
共饮长江水。

此水几时休[1]，
此恨何时已[2]。
只愿君心似我心，
定不负相思意[3]。

一、词句注释

1. 休：停止。

2. 已：消除、完结。

3. 定：衬字，在词牌规定的格律外适当增添不太关键的字词，以更好表达意韵，又称“添声”。

二、白话译文

我住在长江上游，你住在长江下游。每天思念你却见不到，共同喝着长江水。

这江水不知道什么时候才能停歇，这相思离别之恨不知道什么时候才能消除。只希望你跟我一样忠贞于爱情，一定不辜负彼此相思的情意。

三、文学赏析

李之仪（公元1048—1117年），北宋词人，字端叔，与苏轼、黄庭坚交好。公元1103年，因得罪权贵蔡京，李之仪被贬太平州（今安徽当涂），同为苏轼好友的黄庭坚在太平州任职，设宴招待李之仪，并请当地著名的歌妓杨姝前来助兴，杨姝有感于黄庭坚的不公遭遇，弹奏了一曲《履霜操》。《履霜操》为西周名臣尹吉甫的长子尹伯奇所作，伯奇因后母谗言而被放逐，在野外风餐露宿时写下这首曲子，后投河自尽。杨姝的演奏给李之仪留下了深刻印象。贬谪期间，李之仪的女儿和儿子相继离世，不久之后相濡以沫的夫人胡淑修也撒手人寰。家庭与事业的双重打击，加之身体患病，李之仪可谓走到了人生的最低谷。不久，杨姝偶遇李之仪，此时的李之仪憔悴至极，此时的杨姝也四处流落、无以为家，杨姝再次弹奏《履霜操》，李之仪为之动容，视其为知己，渐渐地两人顺理成章地走到一起。一次，两人漫步到长江边，面对着滔滔江水，李之仪感慨万千，遂填词《卜算子》一首。

前两句“我住长江头，君住长江尾”，“我”和“君”、“头”和“尾”两两呼应，通俗的语言平白无奇，但接上“日日思君不见君，共饮长江水”之后，顿觉韵味生。江头和江尾直言空间距离之远，映衬相思感情之切。两人通过悠长的江水相连，才稍许安慰这份思念之情。五、六句以长江水抒发离别之恨，与汉乐府民歌《上邪》"山无陵，江水为竭，冬雷震震夏雨雪，天地合，乃敢与君绝"写法相近，表明相思女子明知江水无休止地流淌，却依然强烈期盼别离愁绪能够完结。七、八句描写女子的心理活动，她退而求其次，只要双方都互相挂念、忠诚于爱情，就没有辜负绵绵情意。

全词以长江水为线索，这水既是阻隔，又是载体，妙手巧用。纵观全词，语言明白如话，句式复叠回环，感情深沉真挚，灵秀隽永，玲珑晶莹，琅琅上口，深得民歌的神情风韵，又有文人词构思巧妙的特征，令人回味无穷。

无　题

［唐］李商隐

昨夜星辰昨夜风，
画楼西畔桂堂东[1]。
身无彩凤双飞翼，
心有灵犀一点通[2]。
隔座送钩春酒暖[3]，
分曹射覆蜡灯红[4]。
嗟余听鼓应官去[5]，
走马兰台类转蓬[6]。

一、词句注释

1. 画楼：带有精美彩绘的楼宇。桂堂：桂木建造的厅堂，泛指华美的堂舍。

2. 灵犀：灵异的犀牛，相传犀牛角有白纹，可相通两端感应灵异。现比喻不需通过言语表达，便让彼此情意相投。

3. 隔座送钩：行酒时的一种游戏，类似我们现在的击鼓传花。参与者分为两队，其中一队将钩子藏在手中，按照座位依次传送，另一队猜测藏钩所在，猜错则输掉游戏，需要罚酒。

4. 分曹：分组。射覆：将物体放置在覆盖物之下，让人来猜。

5. 嗟：叹词。听鼓应官：听到官府击鼓上班的声音。

6. 走马：跑马。兰台：秘书省的别称，李商隐曾任秘书省校书郎。类：类似。转蓬：飞转的蓬草。

二、白话译文

昨夜满天星辰微风习习，我们相聚在装饰华丽的堂舍中把酒言欢。可叹身上没有凤凰的双翼不能飞到你的面前，好在我们心灵感应、心意相通。依次藏钩嬉戏、分组行酒令，春酒暖人心脾、蜡烛映衬更显红艳。可惜天色已亮，卯时鼓声响起，又到了去上班的时候，我像飞转的蓬草一样，骑马直奔秘书省而去。

三、文学赏析

李商隐惯用“无题”作诗题，所作诗词内容隐晦内敛、含蓄朦胧。本诗通常被理解为爱情诗，描写心理活动细致出奇，艺术价值极高。

首联，“昨夜星辰昨夜风”写明时间，“画楼西畔桂堂东”写明地点。连用两个“昨夜”回环往复，营造温情浪漫的色彩，令人回味无穷、难以忘怀。画楼、桂堂，表明宴会场所富丽堂皇，由此推断，参加的宾客也都是达官贵人。

颔联，“身无彩凤双飞翼，心有灵犀一点通”是千古佳句，语意简明、对仗工整。两人情意绵绵却无法长相厮守，好在二人心意相通，才稍微舒缓了内心的焦灼情绪。

颈联，“隔座送钩春酒暖，分曹射覆蜡灯红”描绘了宴会的热闹场面，然而作者的心思却独在佳人。“春酒暖”，说明游戏输了要接受罚酒，但作者却毫不为意。“蜡灯红”，是因邂逅佳人的美好瞬间让人怦然心动，正如跳动的火苗一样。

尾联，“嗟余听鼓应官去，走马兰台类转蓬”，叙述宴会持续时间很久，直至卯时鼓声响起，作者依然意犹未尽，只可惜公务在身，只能策马而去，表达“人在江湖，身不由己”的无奈和对佳人的无限眷恋。“类转蓬”是对自己身世命运的慨叹，李商隐因卷入“牛李党争”而郁郁不得志，正如飞转的蓬草一样漂泊无依。

竹枝词二首·其一

[宋]黄庭坚

浮云一百八盘萦[1]，
落日四十八渡明[2]。
鬼门关外莫言远[3]，
四海一家皆弟兄。

一、词句注释

1. 一百八盘：山岭名。萦：萦绕。

2. 四十八渡：渡口名。

3. 鬼门关：指石门关，在重庆奉节，两山相夹如门户。

二、白话译文

一百八盘高耸入云，落日余晖映照着四十八渡口。不要觉得自己身处黔州荒远之地，四海之内都可以和当地百姓亲如一家人。

三、文学赏析

宋哲宗绍圣二年（公元1095年），51岁的黄庭坚被贬黔州(今重庆彭水)安置,后又被移置到戎州(今四川宜宾)。虽在当时的荒远之地历尽艰辛,但是黄庭坚天性乐观,贬谪巴蜀的六年间他深入百姓,主动融入当地社会,以《竹枝词》为题表达对异地文化的充分认同。

前两句,“一百八盘”“四十八渡”都是通往黔州的路上的险要之地。选取高山和渡口两个物象写实,两个数字营造出连绵不断之感,无形中将巴蜀的地势险要、荒远寂寥呈现在读者面前。第三句又选取“鬼门关”这一地点,陆游《入蜀记》描述其为“天下之至险也”,有“十人九不还”之说,然而作者却“莫言远”,这是刻意埋下伏笔,为尾句“四海一家皆弟兄”作铺垫。最后一句诗出自《论语》“四海之内,皆兄弟也”,表现了黄庭坚的宏大胸襟,此地虽蛮荒却是朝廷疆域,虽说当地都是陌生人,却也都是大宋子民,理应相亲相爱。这组诗还有另外一首,内容如下:撑崖拄谷蝮蛇愁,入箐(qìng)攀天猿掉头。鬼门关外莫言远,五十三驿是皇州。诗文再用“鬼门关外莫言远”句,表达作者虽身处远方却心境淡然,虽身处困境却依然心系社稷的情感。

摸鱼儿·雁丘词[1]

[金]元好问

问世间，情是何物，
直教生死相许[2]？
天南地北双飞客[3]，
老翅几回寒暑。
欢乐趣，离别苦，
就中更有痴儿女[4]。
君应有语：渺万里层云，
千山暮雪，只影向谁去？

横汾路[5]，寂寞当年箫鼓[6]，
荒烟依旧平楚[7]。
招魂楚些何嗟及[8]，
山鬼暗啼风雨[9]。
天也妒[10]，未信与[11]，
莺儿燕子俱黄土。
千秋万古[12]，为留待骚人，

狂歌痛饮，来访雁丘处。

一、词句注释

1. 雁丘：埋葬大雁的土丘。

2. 直教：竟使。

3. 双飞客：指双宿双飞的大雁。

4. 就中：又作“是中”，在此之中。

5. 横汾路：指汉武帝曾经巡幸的汾河一带。

6. 箫鼓：箫鼓齐鸣，指当年的喧嚣繁华景象。

7. 楚：丛林。

8. 招魂楚些：战国时期宋玉作的《楚辞·招魂》，句尾多用“些”(suò)字，所以称“楚些”。

9. 山鬼：《楚辞·九歌》中有《山鬼》篇，描写山中女神失恋的悲哀。

10. 天也妒：上天也嫉妒大雁生死相随。

11. 未信与：不相信，“与”为助词，无实意。

12. 千秋万古：千秋万代。

二、白话译文

试问人世间的各位，爱情是什么呢？竟使人生死相随。大雁寒来暑往、双宿双飞，渐渐老去的翅膀经历了多少时节。在漫漫长路中既有团聚的欢乐，又有离别的凄苦，此中就有痴情的伴侣。孤雁应该在述说：飞过万里白云，越过白雪覆盖的群山，孤孤单单为谁而去呢？

汾河一带是汉武帝当年出巡的地方，往昔的喧嚣繁华如今已是荒芜一片，只留下荒烟笼罩着丛林。斯人已去，吟诵《招魂》也毫无作用，山鬼只能在风雨中暗自悲啼。苍天也嫉妒大雁感人的爱情，从不相信死去的大雁会像黄莺、燕子一样化为尘土。它们将与世长存，供文人骚客凭吊。狂歌纵酒，寻访雁丘故地，来祭奠缅怀。

三、文学赏析

作者为这首词作了一个小序："乙丑岁赴试并州，道逢捕雁者云：'今旦获一雁，杀之矣。其脱网者悲鸣不能去，竟自投于地而死。'予因买得之，葬之汾水之上，垒石为识，号曰'雁丘'。时同行者多为赋诗，予亦有《雁丘词》。旧所作无宫商，今改定之。"

小序交代了本词的写作背景：公元1205年，时为乙丑年，16岁的元好问前往并州（今山西太原市）参加府试，路途中遇一捕雁人，讲述其捕杀一只大雁后其同伴竟然俯冲撞向地面而死，作者甚为感动，遂买下双雁将其埋葬，堆石垒土将此地命名为"雁丘"。

本词开篇即高潮，作者深思发问爱情究竟是什么，力量如此雄浑，竟让孤雁为之殉情。本句多被引用，同时也有演化，比如：问世间情为（是）何物，直教（人）生死相许。"天南地北双飞客，老翅几回寒暑"，通过"天南地北"的空间维度和"几回寒暑"的时间维度描绘双宿双飞的大雁，可谓伉俪情深，为后续殉情作了铺垫。它们在日常生活中有欢乐的团聚，有离别的愁苦。作者站在幸存孤雁的角度描写其心理活动，纵然飞越千山万水，却失去了挚爱伴侣，不知该为谁而去，可谓凄苦之至，不如追随伴侣而去，作者为大雁殉情作了合理化推断。

下阕，作者抚今忆昔，汉武帝曾出巡雁丘所在的汾水一带，当年箫鼓喧天，何等热闹繁华，而今却荒凉萧瑟，只留下寒烟笼罩的丛林。词作以鲜明对比昭示唯有真情万古流芳的道理。汉武帝已经作古，就算吟诵《招魂》又有何用呢？只能如山中女鬼般在风雨中暗自悲啼。此处借用楚辞典故反衬爱情，如此伟大动人的感情就连苍天也会妒忌，相信双雁一定会飞升为神仙，而不是像莺燕那样化为黄土。作者垒土为丘，以供千秋万代的文人墨客凭吊，以纪念这份伟大的感情，使主题再次得以升华。

诗经·王风·采葛[1]

彼采葛兮[2]，一日不见，如三月兮。

彼采萧兮[3]，一日不见，如三秋兮[4]。

彼采艾兮[5]，一日不见，如三岁兮[6]。

一、词句注释

1. 王：指东周都城洛邑一带。风：地方音乐，多为民歌。

2. 采：采摘、采集。葛：葛藤、干葛，蔓生草本植物，用于织布制衣，有药用价值。

3. 萧：植物名，蒿的一种，有香味，古时用于祭祀。

4. 秋：秋季，这里一秋为一个季度，三秋即九个月。

5. 艾：艾草，多年生植物，可用于入药。

6. 岁：年。

二、白话译文

那位采摘葛藤的姑娘啊，一天不见你，如同过了三个月的时间。那位采摘香蒿的姑娘啊，一天不见你，如同过了三个季度的时间。那位采摘艾草的姑娘啊，一天不见你，如同过了三年的时间。

三、文学赏析

古时男女分工明确，男子一般从事重体力劳动，采摘的工作一般由女人完成。闻一多在《风诗类钞》中指出：“采集皆女子事，此所怀者女，则怀之者男。”由此可以断定这是一位男子对恋人的思念。本诗提到三种植物，葛用于织布制衣，萧用来熏香祭祀，艾用于针灸制药，由此可以看出主人公是一位勤劳朴实的农家姑娘。诗文短小精悍，脍炙人口，三个段落反复重叠却无累赘之感，月、秋、岁一字之变，将男子强烈的思念通过递进写法展现得淋漓尽致，没有信誓旦旦的山盟海誓，没有卿卿我我的风花雪月，可谓至简复沓、至浓思念。“一日不见，如三秋兮”流传极广，成语“一日不见如隔三秋”即由此演化而来。

白头吟

[汉]卓文君

皑如山上雪[1],皎若云间月[2]。
闻君有两意[3],故来相决绝[4]。
今日斗酒会[5],明旦沟水头[6]。
躞蹀御沟上[7],沟水东西流[8]。
凄凄复凄凄,嫁娶不须啼。
愿得一心人,白头不相离。
竹竿何袅袅[9],鱼尾何簁簁[10]。
男儿重意气[11],何用钱刀为[12]!

一、词句注释

1. 皑:洁白。
2. 皎:白且亮。
3. 两意:二心、情变。
4. 决绝:决裂、绝交。
5. 斗:盛酒容器。
6. 明旦:明日。
7. 躞蹀(xiè dié):小步行走的样子。御沟:流经宫苑或环绕宫墙的河道。

8. 东西流：东西，偏义复词，这里指东流。

9. 竹竿：钓鱼竿。袅袅：摇动的样子。

10. 簁簁（shāi　shāi）：鱼跃的样子。

11. 意气：情意。

12. 钱刀：古时铸钱有刀形的，故称刀钱，又称钱刀。

二、白话译文

忠贞的爱情如山上积雪一样洁白，像云间皓月一样明亮。听说你有二心，所以来与你决裂。今日最后相聚，明天在沟头分手。我漫步在御沟边上，过去的生活如同东流沟水一去不返。我当年毅然决然离家，没有像其他女孩子嫁人时那样哭哭啼啼，本以为找到了一个情深意专的如意郎君，可以白头到老永不分离。爱情犹如钓竿一般轻细柔长，如鱼儿摆动尾巴跃出水面一般可爱至极。好男儿应当重情重义，真挚的爱情是任何财富都无法替代的。

三、文学赏析

相传卓文君初嫁丧偶，返回娘家居住。卓家历代经商，其父卓王孙是邛崃著名的冶铁巨贾，而卓文君也是风姿绰约的才女。司马相如一曲《凤求凰》令卓文君爱慕不已，她深夜逃出卓家与司马相如私奔。此时的司马相如虽一表人才，却家徒四壁，文君丝毫不嫌弃，二人恩爱有加。汉武帝即位后，司马相如写出《子虚赋》《上林赋》等出色的词赋，受到重用。在京城的轻歌曼舞中，司马相如渐渐有了纳妾之意，于是就委婉地写信给卓文君，卓文君打开信后，只有13个字："一二三四五六七八九十百千万。"聪慧的卓文君看到后顿时明白，信中数字皆有，唯独缺"亿"，表明丈夫已无意于自己，于是作《白头吟》(一说《怨郎诗》)，并附了诀别词。司马相如收到信后，历历往事涌上心头，内心颇为惭愧，遂放弃纳妾的想法。

至于本文的作者，学界未有定论。一种说法《白头吟》是汉乐府民歌，没有确切的作者；另一种说法是中国古代四大才女之一、蜀中四大才女之一的卓文君所作。诗文刻画了一个性格刚毅的弃妇形象，她没有隐忍、没有退让，为了纯洁的爱情勇敢地站出来发声。从个人情感维度上来说，此诗符合卓文君的性格特点，这也使她和司马相如的爱情故事更加曲折回环、更富艺术气息。

本诗每四句相对独立成段，表达一层意思，层层递进。第一段开宗明义。前两句用比兴的写法，写爱情如白雪皓月般纯洁清澈，不容丝毫杂质，为后两句的出现作了铺垫：你对爱情已经不再专一，背离"我"的爱情观，所以来与你决裂。第二段抒发情愫。今天的相聚就算是最后的告别，自此之后一拍两散，往日的感情如流水般一去不返。用流水来指代时光或感情，是诗词中常用的写法。如南唐后主李煜"问君能有几多愁，恰似一江春水向东流"。第三段，再次回到自己的爱情观，"我"当时毅然决然地夜奔爱人，不像普通女子在嫁人时哭哭啼啼，继而引出流传千古的爱情宣言——"愿得一心人，白头不相离"，表明了自己强烈真挚的爱情观，这份爱情是排他的、是唯一的、是不容亵渎的，同时呼应开篇“皑如山上雪，皎若云间月”。其中“一心人”与“有两意”、“不相离”与“相决绝”两两对应，对比鲜明。这两句传诵极广，其中“一心人”又作“一人心”，“白头”又作“白首”。最后一段，选取摇动的竹竿和跳起的鱼儿两个意象，比喻男女求偶、两情欢洽，这种隐喻在诗经中较为常用。此处联系上下文，又有另外一层含义，那就是男女相互吸引，不能依靠金钱关系，而应该以真心实意的感情为基础。

全诗多用比兴和对偶手法，选取数个恰如其分的物象表达内心情感，实现意境和情感的统一，令读者感同身受，生发情感共鸣。

诗经·邶风·击鼓[1]

击鼓其镗[2],踊跃用兵[3]。
土国城漕[4],我独南行。
从孙子仲[5],平陈与宋[6]。
不我以归[7],忧心有忡。
爰居爰处[8]? 爰丧其马[9]?
于以求之[10]? 于林之下。
死生契阔[11],与子成说[12]。
执子之手,与子偕老。
于嗟阔兮[13],不我活兮[14]。
于嗟洵兮[15],不我信兮[16]。

一、词句注释

1. 邶(bèi)风:《诗经》中的十五国风之一,今存世19首。邶:周代诸侯国名。风:地方音乐,多为民歌。

2. 镗(tāng):击鼓的声音。

3. 踊跃:迅速跳动的样子。兵:武器、刀枪。

4. 土:用作动词,挖土。国:城郭。城:用作动词,筑城墙。漕:护城河。

5. 从：跟从、跟随。孙子仲：公孙文仲，字子仲，带兵出征的主将。

6. 平：使动用法，使……平定，调停。

7. 不我以归："不以我归"的倒装句；以：让、令、使。

8. 爰(yuán)：于何处、在哪里。

9. 丧：丧失、丢失。

10. 于以：在哪里。求：寻找。

11. 契：聚合、相聚。阔：离散、离别。

12. 成说：约定、发誓。

13. 于嗟：叹词；于(xū)，同"吁"。

14. 活：同"佸"，相会、相聚。

15. 洵：遥远、久远。

16. 信：守信、守约。

二、白话译文

战鼓擂得镗镗作响，士兵手持武器加紧操练。有的士兵挖土营造城墙和护城河，我却独自南行上战场。跟随主将公孙文仲出征，调停陈国与宋国的争端。长期不得归家，令我忧心忡忡。在哪里安营扎寨？在哪里丢失了战马？又要去哪里寻找呢？终于在树林下找到了。与你约定同生死不分离，期待战争结束，紧握你的手与你一直到老。叹息与你分离再难相见。叹息相距遥远，让我的诺言难以兑现。

三、文学赏析

这是一首描写战争的诗作,反映了一个征战在外的士兵对战争的抵触和对家乡亲人的思念。全诗结构明晰、层次清楚。前六句描写战士出征的场景,后四句描写对家乡爱人的思念。其中第一、二句介绍击鼓练兵、筑土备战的场面,而自己告别故乡独自南征。第三、四句介绍出征的情况,在主将公孙文仲的带领下去调停陈宋两国的争端。第五、六句写不小心丢失战马的细节,通过对这一细节的描写,刻画出居无定所、兵荒马乱的战争场景,画面感油然而生。第七、八句是广为流传的佳句,原意说法不一。有说是描写战友间感情的,表达共进退、同生死的豪迈气概,有说是表达对爱人的无限思念之情,后人常用来形容夫妻情深。第九、十句则是对第四句的延伸,长久的征战使自己远离家乡,相聚终难实现,践行诺言遥遥无期,全诗充满对战争的反感憎恶。

爱国忧民

题桃花扇传奇[1]

［清］陈于王

玉树歌残迹已陈[2]，
南朝宫殿柳条新。
福王少小风流惯[3]，
不爱江山爱美人。

一、词句注释

1. 桃花扇传奇：又名《桃花扇》，清朝文学家孔尚任创作的传奇剧本，共有四十出戏。

2. 玉树歌残迹已陈：又作“玉树歌残声已陈”。玉树：是指南陈后主陈叔宝所作《玉树后庭花》，南陈灭亡后，此曲被认为是亡国之音。陈：陈旧、湮没。

3. 福王：南明末代皇帝朱由崧。

二、白话译文

南陈后主宫廷里的歌舞乐声已湮没不见踪迹，破落的宫殿正长出新的柳条。南明福王从小就风流成性，不珍惜江山社稷只爱美人。

三、文学赏析

清康熙三十八年（公元1699年），孔尚任的《桃花扇传奇》问世，作品主要描写明末亡国轶事，主角是江南名士侯方域和秦淮名妓李香君，通过二人的爱情故事来反映南明弘光王朝覆亡的历史，塑造了一系列栩栩如生的人物形象。悲剧的结局突破了才子佳人大团圆的传统模式，男女之情与兴亡之感都得到哲理性的升华。作者有感于昏君朱由崧重蹈南陈后主覆辙的历史，积愤难抑，吟咏作此诗。

本诗前两句借史喻今，南陈后主宠幸美人置江山社稷于不顾，终落得兵败亡国，“柳条新”反衬南陈宫殿的破落残败，杜牧也曾作“商女不知亡国恨，隔江犹唱后庭花”，“玉树后庭花”已然成为亡国之音的代表。后两句则以写实笔法讽刺福王荒淫无道、纵情美色，步南陈后主灭国的后尘。

赴戍登程口占示家人二首·其二[1]

[清]林则徐

力微任重久神疲，
再竭衰庸定不支[2]。
苟利国家生死以[3]，
岂因祸福避趋之[4]。
谪居正是君恩厚[5]，
养拙刚于戍卒宜[6]。
戏与山妻谈故事[7]，
试吟断送老头皮[8]。

一、词句注释

1. 戍：戍边，作者曾被贬伊犁充军。登程：启程上路。口占：随口而作。

2. 衰庸：衰老、平庸无能，自谦之词。

3. 以：动词，做。

4. 避：躲避、躲闪。趋：追求、迎合。

5. 谪居：被贬谪戍边。

6. 养拙：才能低下而安分守己，不显露自己，一般用来称谓自己。戍卒:戍边的士卒。宜:适宜、合适。

7. 山妻:作者对妻子的谦称。故事:旧事、典故。

8. 断送老头皮:据苏轼《东坡志林》记载,宋真宗遍寻天下隐士,听说杨朴擅长作诗,于是召见他,杨朴说他不会作诗。真宗又问此次前来可有人作诗相赠,杨朴说只有妻子作诗一首:更休落魄耽杯酒,且莫猖狂爱吟诗。今日捉将官里去,这回断送老头皮。皇上听闻大笑,于是放他回家。苏轼因乌台诗案被抓,出门时家人哭着送他出门,东坡对妻子说:“你就不能像杨朴一样作首诗送给我吗?”家人听后破涕为笑,东坡这才出门而去。

二、白话译文

长久以来,我能力浅薄却担当重任,早已感到筋疲力尽,再继续下去,才能平庸的我一定会支撑不住。如果是有利于国家社稷的事情,我一定不顾生死去做,怎么能有灾祸就躲避,有好处就迎合追求呢!将我贬谪伊犁正是皇恩浩荡,当一名戍边的士兵对我而言恰是合适的。我与妻子开玩笑说宋真宗召见杨朴以及苏轼赴诏狱的故事,让她不妨吟诵一下“这回断送老头皮”来为我送行。

三、文学赏析

林则徐,清末名臣,因虎门销烟遭投降派诬陷,被道光皇帝革职发配新疆伊犁,贬谪途中,他依旧心忧社稷,在河南出色地完成了黄河决口的堵塞任务,因劳累和瘟疫大病一场,在西安养病两个月后再次踏上戍途，临别时给家人口述了两首诗，本诗为第二首。

首联说自己以微薄之力担当重任，感到疲惫不堪，再这样下去一定会支撑不住。诚然，此时的林则徐已经50多岁，刚刚大病初愈的他身体依然虚弱不堪，但我们仍能够感受到他竭尽全力为国操劳的耿耿忠心，这在颔联中得到充分体现。“苟利国家生死以，岂因祸福避趋之”，这句诗一百多年来广为传诵，体现了作者拳拳的爱国之心，与金末元初诗人元好问的诗句“为官避事平生耻，视死如归社稷心”异曲同工。颈联未必是作者的真实想法，但在封建专制的时代也只能“谢主隆恩”。作者到达新疆之后，并非如同小吏般默默无为，而是积极兴修水利，屯荒垦田，发展生产，巩固国防，为新疆稳定作出贡献。尾联引用故事，以诙谐的方式安抚家人，排解心中的愤懑。

本诗表达了作者对国家的无限忠诚，以及对个人际遇的诸多无奈，体现了作者坦然面对的心境和始终如一的担当。

过零丁洋[1]

［宋］文天祥

辛苦遭逢起一经[2]，
干戈寥落四周星[3]。
山河破碎风飘絮，
身世浮沉雨打萍。
惶恐滩头说惶恐[4]，
零丁洋里叹零丁[5]。
人生自古谁无死？
留取丹心照汗青[6]。

一、词句注释

1. 零丁洋：又名伶仃洋，在广东珠江口外。

2. 经：经书，儒家的经典著述。古代读书人入仕皆通过科举考试，科举考试的内容出自经书。

3. 干戈：兵器，这里代指战争。寥落：荒凉冷落。四周星：四年。文天祥于1275年起兵抗元至1278年年底被俘。

4. 惶恐滩：原为黄公滩，因读音相似被讹传为惶恐滩，在江西万安，为赣江十八滩之一。1277年，文天祥兵败后从此地撤退。

5. 叹零丁：感叹孤苦无依。

6. 丹心：红心、忠心。汗青：古时竹简刻字前用火烘烤防止霉变，竹片水分挥发如汗珠，故称书简为汗青，这里指史册。

二、白话译文

早年由科举入仕，一路历经千辛万苦，四年来战火纷争境遇凄凉。国土破碎犹如风中飘摇的柳絮，身世浮沉恰似雨水击打的浮萍。惶恐滩头的败仗让我依然惶恐不安，战败被俘经过零丁洋只能慨叹孤苦零丁。自古以来，人终究难免一死，要永葆赤诚之心，为国尽忠，青史留名。

三、文学赏析

文天祥（公元 1236—1283 年），南宋末年政治家、文学家，抗元将领。1278 年 11 月，文天祥被俘，元军将领张弘范多次劝降未果，为表明自己坚贞不屈的意志和崇高的民族气节，文天祥作此诗以明志。1283 年 1 月，文天祥从容就义，终年四十七岁，追赐谥号“忠烈”。

首联，览今追昔，自己苦读经书得以进入仕途，奔波劳碌万般艰辛，戎马干戈为国征战，无奈局势颓倾频频失利，不禁令人感慨万千。颔联，对仗工整，用语贴切，分别以“风飘絮”和“雨打萍”描写国家和个人的境遇，可谓悲凉寂寥、愁闷压抑。颈联，诗人选取两个标志性的地点：惶恐滩兵败、零丁洋被囚，抒发势单力薄、有心无力的悲哀。尾联，直抒爱国情怀，表达诗人“愿将此身长报国”的豪迈气概。全诗沉郁悲壮，突出体现了作者视死如归、忠贞不屈的豪迈气概，成为展现中华儿女民族气节的典范之作。

病起书怀[1]

[宋]陆游

病骨支离纱帽宽[2]，
孤臣万里客江干[3]。
位卑未敢忘忧国[4]，
事定犹须待阖棺[5]。
天地神灵扶庙社[6]，
京华父老望和銮[7]。
出师一表通今古[8]，
夜半挑灯更细看。

一、词句注释

1. 病起：病愈。

2. 病骨：多病的躯体。支离：憔悴、衰弱。

3. 孤臣：孤立无援、不受重用的臣子，指自己。江干：江边、岸边。

4. 位卑：地位低微。忘忧国：忘却忧虑国事。

5. 阖棺：合上棺材，即死亡。此句意为盖棺定论。

6. 庙社：宗庙和社稷，指代国家。

7. 京华：京城的美称。和銮：同“和鸾”，古代车上的铃铛，挂在车前横木上称“和”，挂在轭首或车架上称“銮”。此处和銮指代帝王车驾。

8. 出师一表：指诸葛亮所作的《出师表》。

二、白话译文

多病的身躯憔悴瘦弱以致纱帽显得宽大，孤苦无依的我客居万里之外的成都江边。虽然地位低微却从来不敢忘记忧虑国事，人的功绩要死后才能盖棺定论。希望天地的神灵护佑国家，京城的父老乡亲都期望君王御驾亲征收复失地。诸葛亮的《出师表》真是通达古今，半夜无心睡觉的我还是挑灯仔细品读吧。

三、文学赏析

陆游生于公元1125年，时值北宋颓亡之际。他少年时即受爱国思想熏陶，作品以饱含爱国之情而为后世铭记，《病起书怀》就是作者爱国诗中的代表之作。病愈后的作者心念北伐统一大业，于宋孝宗淳熙三年（公元1176年）在成都作下此诗。

“病骨”“孤臣”“纱帽宽”“客江干”寥寥数词描绘了自己孤寂落寞不得志的贬官形象，陆游虽然官职卑微，却始终不忘国家社稷，不忘北伐金兵讨回失地，足见深厚的爱国情怀。“位卑未敢忘忧国”成为后世忧国忧民的寒士自警自励的名句，心忧家国不仅仅是身居高位者的职责，也是每个人应尽的责任和义务，诗句体现了鲜明的时代内涵和丰富的现实意义。

己亥岁二首[1] · 其一

[唐]曹松

泽国江山入战图[2]，
生民何计乐樵苏[3]。
凭君莫话封侯事，
一将功成万骨枯。

一、词句注释

1. 己亥岁：公元879年。
2. 泽国：指水域众多的江南地区。
3. 樵苏：樵指砍柴，苏指割草，樵苏泛指农业劳动。

二、白话译文

战争持续蔓延，江南已被纳入战争版图，百姓颠沛流离生计艰难，想要砍柴割草度日都不能。请不要再说什么封侯的事情了，一位将领功成名就，不知要牺牲多少士卒的性命。

三、文学赏析

作者曹松长期生活在社会底层，目睹战争带给人民的无穷伤害，深刻同情劳动人民的悲惨遭遇，故而极度憎恶战争。

这首诗描述了安史之乱爆发后战火持续蔓延，原本富庶的江南地区百姓艰难度日，连砍柴割草这样艰辛劳苦的谋生方式也求之不得的情景。一个“凭”，意味请求，就是行行好吧，可谓情真意切，极尽作者厌战的情绪。“一将功成万骨枯”，字简而意丰，“一”与“万”、“成”与“枯”形成鲜明对比，直言将领功成的背后是众多士兵的牺牲，金字塔尖的封侯荣耀建立在累累白骨的基座之上，寥寥七字可谓字字千钧，战争之罪恶、牺牲之惨烈跃然纸上，深刻批判为追求战功而发动战争、大肆杀戮的行径。

塞上曲二首·其二[1]

［唐］戴叔伦

汉家旌帜满阴山[2]，
不遣胡儿匹马还[3]。
愿得此身长报国，
何须生入玉门关[4]。

一、词句注释

1. 塞上曲：边塞诗常用体裁，主要描写边疆的战争、生活、风景等。

2. 汉家：指唐朝。阴山：指阴山山脉，横亘于我国内蒙古中部，从地图上看恰好位于黄河大“几”字上方，由一系列东西走向的山峰组成，西起阿拉善高原，东至多伦以西的滦河上游谷地，从西向东包括狼山、乌拉山、色尔腾山、大青山、大马群山等，东西绵延 1200 多公里。

3. 遣：让。胡儿：指突厥。

4. 玉门关：古代丝绸之路必经关隘，也是重要的军事关卡。历史上玉门关共有 3 处，分别是西汉玉门关、隋唐玉门关、五代宋初玉门关。

二、白话译文

唐朝军队旌旗密布云集阴山，突厥胆敢来犯定叫他有去无还。大丈夫愿以身许国报效朝廷，何须考虑活着返回家园。

三、文学赏析

本诗同多数边塞诗一样，描写了大丈夫立志驱除胡虏、为国杀敌的豪迈气概。

前两句中提到“汉家”和“胡儿”，此两处并非指汉朝和匈奴，而是指作者生活的唐朝和突厥。唐诗中常使用“汉”指代“唐”，比如白居易《长恨歌》中“汉皇重色思倾国”，高适《燕歌行》中“汉家烟尘在东北，汉将辞家破残贼”，岑参《走马川行》中“汉家大将西出师”等。后两句中使用“生入玉门关”之典，典故出自东汉时期的大将班超，他出使西域31年。汉和帝永元12年（公元100年），他自感久居偏远之地，上书请求返回中原，其中有“臣不敢望到酒泉郡，但愿生入玉门关”句。汉和帝大为感动，于是调班超回京，不久后班超病逝于洛阳。作者豪情万丈，用“何须生入玉门关”表达义无反顾之意。

时令景致

春　宵

[宋]苏轼

春宵一刻值千金[1]，
花有清香月有阴[2]。
歌管楼台声细细[3]，
秋千院落夜沉沉。

一、词句注释

1. 春宵：春夜。刻，计时单位，古代用漏壶计时，一昼夜共分为100刻，后改为96刻，一刻即为15分钟。

2. 花有清香：花朵散发出清香。月有阴：月光映照花朵投射出的阴影。

3. 歌管：歌唱声和管乐声。

二、白话译文

春天的夜晚每时每刻都是极为珍贵的，花朵散发出阵阵清香，月光在花间洒下阴影。官宦人家在楼台高处尽情欢娱，夜深时分挂着秋千的院落已是一片寂静。

三、文学赏析

本诗语言清丽质朴，通俗易懂。前两句单单写景，互为因果关系，"春宵一刻值千金"是果，"花有清香月有阴"是因。在作者眼中，春夜的花香和柔美的月色这些自然景观是那样的珍贵，所以才有"一刻值千金"的感慨。后两句写官宦人家也抓紧时间纵情于歌舞，这样写不无讽刺意味，反映了作者对权贵们贪图享乐的蔑视。

本诗最为出名的当属首句"春宵一刻值千金"，"春宵"一词出自唐代白居易《长恨歌》："云鬓花颜金步摇，芙蓉帐暖度春宵。春宵苦短日高起，从此君王不早朝。"不管是《长恨歌》还是本诗，春宵指的都是春夜，只是在后来常被形容为洞房花烛夜，意指良辰美景的短暂和珍贵，这是诗句发展过程中的演变，体现了诗句与时俱进的强大生命力。

使至塞上[1]

［唐］王维

单车欲问边[2]，属国过居延[3]。

征蓬出汉塞[4]，归雁入胡天[5]。

大漠孤烟直，长河落日圆。

萧关逢候骑[6]，都护在燕然[7]。

一、词句注释

1. 使：出使。塞上：边境地区。

2. 单车：单独的一辆车，指轻车简从。

3. 属国：第一种解释为附属国，唐朝国力鼎盛，周边有不少附属国归顺于大唐，保留其国号。第二种解释为秦汉时期设置的官职“典属国”的简称，主要负责外交事宜，这里是作者自称。居延：唐代时称居延海，在今内蒙古自治区额济纳旗北部，这里指遥远的边域，并非实指某地。

4. 征蓬：随风飘荡的蓬草，指作者自己。汉塞：大唐的疆域，唐代作品中常用“汉”代指“唐”。

5. 归雁：北归的大雁。胡天：少数民族地区，这里指西域大唐的领地。

6. 萧关：宁夏固原附近一处重要关隘，这里是虚指，作者出使未经过这里。候骑：军队负责侦察的骑兵。

7. 都护：唐朝设立安西、安北、安东、安南、单于、北庭六大都护府，都护为镇守的长官。燕然：古时山名，在今蒙古国杭爱山。据史书记载，汉代窦宪戴罪立功，大破匈奴，追击三千里，登上燕然山刻石记功，史称燕然勒石，宋代范仲淹有词“浊酒一杯家万里，燕然未勒归无计”。

二、白话译文

我轻车简从出使边塞慰问将士，已经走到了居延海，就如同随风四散的蓬草和北归的大雁来到西域疆陲。苍凉大漠之中一支孤烟扶摇直上，夕阳时分，长河之上，一轮圆日渐渐西下。在萧关碰见侦察的士兵，他们告诉我他们的长官在遥远的前线尚未回到驻地。

三、文学赏析

唐玄宗开元25年（公元737年），河西节度副使崔希逸大破吐蕃军队。唐玄宗命令王维以监察御史的身份出使凉州（今甘肃武威），慰问在前线作战的大唐军队，并任命王维担任河西节度使判官。这意味着他被变相排挤出政治中心，所以作者当时的心境是比较落寞、复杂的。

王维在崔希逸幕下时间不长，公元738年夏天就返回了长安，但就在一年时间里，作者目睹了塞外的奇特雄壮风光，了解了戍边将士的艰难辛苦，体察了当地的风土人情，写下了许多传诵至今的边塞佳作。

这首诗中出现多个地名，有的地理位置相对清晰，比如萧关、燕然；有的相对模糊，比如居延、大漠、长河、汉塞、胡天。历史学家对王维出使的具体路线也有不同的观点，大多认为这首诗作是作者抵达都护府所在地凉州后回顾旅途所见所感而作。

首联叙事，介绍了作者轻车简从前往大唐边塞的情形。颔联寓情于景，行进途中作者心情忧郁却不哀伤，如同飘飞的蓬草和北归的大雁，在茫茫原野中渺小而孤寂。颈联写景，苏轼评王维“诗中有画，画中有诗”，作者高超的绘画功底为诗词创作增添了独特的视角。“大漠孤烟直，长河落日圆”可谓千古名句，精炼地描绘出一幅鲜明的立体图景。苍凉辽阔的大漠，此为“横”；一团烟尘扶摇直上，此为“竖”；曲折蜿蜒的长河，此为“下”；一轮温润的圆日，此为“上”。尾联叙事，“萧关”非实指，都护府长官仍在征战前线未归的场景是否属实不得而知，为读者留下了无尽的想象空间，但这丝毫不影响我们品读这篇边塞诗中的千古佳作。

春　日

[宋]朱熹

胜日寻芳泗水滨[1]，
无边光景一时新[2]。
等闲识得东风面[3]，
万紫千红总是春。

一、词句注释

1. 胜日：好天气。寻芳：游春踏青。泗水：河流名，在山东曲阜附近。

2. 光景：风光、风景。

3. 等闲：平常、轻易。东风：春风。

二、白话译文

在一个风和日丽的好日子，漫步于泗水河畔踏青游玩，无边无际的风景焕然一新。谁都识得春天的景象，春风吹拂，百花绽放，姹紫嫣红。

三、文学赏析

从字面看，这首诗是一首写景诗，在春天明媚的好日子出游踏青，春风拂面，百花齐放，一片生机盎然之景，令人心旷神怡。但细虑之，朱熹生活在南宋时期，此时的泗水之地已被金人侵占，另据考证，朱熹一生未曾到过泗水。由此得知，春日之景并非实景，而是作者想象出来的，可是作者为什么要单单描写泗水呢？其实泗水之滨更重要的是孔子儒学的发祥地，儒家之道才是作者真正要追寻的风景，如果没有金人的侵占，儒学定会发扬光大，像这风景一般满目皆是，这应该才是作者写作此诗所要表达的真实情感。

一剪梅·舟过吴江[1]

[宋]蒋捷

一片春愁待酒浇[2]。
江上舟摇，楼上帘招[3]。
秋娘渡与泰娘桥[4]，
风又飘飘，雨又萧萧[5]。

何日归家洗客袍[6]？
银字笙调[7]，心字香烧[8]。
流光容易把人抛[9]。
红了樱桃，绿了芭蕉。

一、词句注释

1. 吴江：一作吴江县，现苏州市吴江区。一作吴淞江，古称松江或吴江，发源于苏州市吴江区松陵镇南边的太湖瓜泾口，由西向东，穿过江南运河，在今上海市黄浦公园北侧外白渡桥以东汇入黄浦江。

2. 浇：浇灭、消解。

3. 帘：酒旗。

4. 秋娘渡与泰娘桥：又作“秋娘容与泰娘娇”。秋娘、泰娘多用于歌妓的艺名，秋娘渡、泰娘桥都是吴江上名气颇高的渡口。

5. 萧萧：象声词，常用于形容风声、雨声、马嘶声等，营造萧索悲凉之感。

6. 客袍：客居他乡之人的衣袍。

7. 银字笙：古笙的一种，笙管上标有表示音调高低的银字，故称银字笙。

8. 心字香：熏炉里心字形的盘香。

9. 流光：流逝的时光。

二、白话译文

乘船行走在吴淞江上，看到两岸酒旗招展，不禁想要借酒消愁，浇灭那满怀羁旅之情的春愁。经过吴淞江上的名胜景点秋娘渡和泰娘桥，也无心欣赏美景，只见满目风雨飘摇的萧索景象。

什么时候结束漂泊游荡的日子回到家乡呢？在家中拨动镶有银字的古笙，点燃熏炉里心字形状的盘香。春光流逝让人追赶不上，樱桃已经变红熟透，芭蕉也已颜色深绿，转眼夏天又到了。

三、文学赏析

本词创作于南宋灭亡之际，公元 1276 年春，元军攻破临安（今杭州市）。在此之后蒋捷开始流浪，流浪途中行至吴江县的吴淞江时，按捺不住思乡忧国之情，写下这首词。

上阕开门见山，以春愁点题直抒胸臆。江水行舟，岸上酒肆旗帜招摇，作者不由得想要借酒浇愁。秋娘渡与泰娘桥是吴淞江上知名的渡口，通过精心选取的景点增加了阴柔凄美的感觉，加之风雨飘摇的场景更是增添了几分愁绪。

下阕以浣洗客袍的场景引出思乡之愁，在外漂泊的游子期盼归家调笙焚香，表达了倦懒思归之情。“流光容易把人抛。红了樱桃，绿了芭蕉”是感伤时光流逝的名句，“了”将这种感慨和无奈推到极致。

月夜忆舍弟[1]

[唐]杜甫

戍鼓断人行[2],边秋一雁声。

露从今夜白[3],月是故乡明。

有弟皆分散,无家问死生。

寄书长不达[4],况乃未休兵[5]。

一、词句注释

1. 舍弟:对自己弟弟的谦称。

2. 戍鼓:戍楼上报更的鼓声。断人行:阻断路人通行。从黄昏到拂晓,共分为五更,三更鼓声响起后,路上便开始宵禁,行人禁止外出。

3. 露从今夜白:时值白露节气,天气转凉,清晨露珠凝结。

4. 寄书:邮寄家信。

5. 况乃:何况是。未休兵:战争未停止。

二、白话译文

戍楼上的更鼓声阻断了行人往来,秋天的边地空旷寂寥,只有孤雁哀鸣。今天恰逢白露节气,天气日渐变凉,露水开始凝结,故乡的月儿分外明亮。我无家可归,家中兄弟分散各处,不知他们死活。寄去的家信常常不能送达,更何况战争仍在持续,想得到他们的消息难上加难。

三、文学赏析

公元755年,安禄山在范阳起兵造反,发动了“安史之乱”。八年的浩劫让无数家庭流离失所、骨肉分离,而诗人杜甫也深受战乱之苦。他携妻子儿女四处逃难,来到秦州(今甘肃天水)。这一年是公元759年,战争已持续四年,秦州虽荒远偏僻,却也笼罩在战乱的阴影之下。

杜甫在家中排名老二,兄长幼年夭折,有四个弟弟,分别是杜颖、杜观、杜丰、杜占,当时只有小弟弟杜占在他身边,其余三个弟弟则流散于山东、河南等地,这些地方都是战争的重灾区,他们居无定所、生死未卜,杜甫非常挂念他们的安危,为此深为忧虑。时至白露节气,诗人想到远方的弟弟,遂作此诗,记录自己内心真实的思想活动。

首联描绘了秦州边塞的凄凉之景,“戍鼓”体现战争仍在持续,路上悄无人迹、孤雁哀鸣,显得凄厉悲惨。因大雁迁徙都是成群结队,古人常用“雁行”“雁序”来代指兄弟,而失群的孤雁不正是漂泊无依的自己吗?

颔联点题“月夜”,标明时令,语序本为“今夜露白,故乡月明”。平白无奇的语句调换一下顺序,顿感灵动矫健。前半句写实,后半句写虚,各地的月亮本是一样的,张九龄诗云

"海上生明月,天涯共此时",而这里却写"月是故乡明",这正是思乡思亲的情感寄托。此两句诗是关于白露节气最好的代表,感动了无数海内外游子。

颈联点题"忆舍弟",兄弟四散漂泊、无法团聚,已是悲伤不已,而其行迹无定、生死未卜更是雪上加霜,令人悲切之至。心中的万般牵挂和现实的无可奈何形成强烈冲击,让人感同身受,犹如胸口堵了一块巨石般压抑。

尾联延续颈联无计可施的情绪,作者没有大声疾呼,没有痛哭流涕,而是以波澜不惊的两句"寄书长不达,况乃未休兵"聊以自慰,其在乱世中忍耐压抑的人生境遇令人无限感慨。

望江南·超然台作[1]

[宋]苏轼

春未老[2],风细柳斜斜。
试上超然台上望,
半壕春水一城花[3]。
烟雨暗千家[4]。

寒食后[5],酒醒却咨嗟[6]。
休对故人思故国[7],
且将新火试新茶[8]。
诗酒趁年华[9]。

一、词句注释

1. 超然台:在密州(今山东诸城)城北。苏轼在密州任职时,命人重新修葺原址的高台,苏轼的弟弟苏辙题名“超然”,出自《老子》“虽有荣观,燕处超然”。

2. 老:尽、完结。

3. 壕:护城河。

4. 暗:使动用法,使……暗。

5. 寒食：寒食节，冬至后的第105天，在清明节前一两天。

6. 咨嗟：叹息、感慨。

7. 故国：故乡、家乡。

8. 新火：旧时风俗，寒食节前两日起禁止用火，为期三天，之后重新生火，故称新火。新茶：新采的明前茶。

9. 年华：美好的时光。

二、白话译文

春天尚未过去，微风吹拂，柳条斜斜随之飞舞。登上超然高台远眺，护城河里半满的河水微波荡漾，城内满是绽放的花朵。烟雨蒙蒙的天气里，千家万户笼罩在雾气里，朦胧模糊看不清楚。

寒食节过后，酒醒后更加慨叹。不要在老朋友面前提起思念家乡了，且生起新火，围炉煮茶、饮酒作诗，都要趁着尚未流逝的美好时光啊。

三、文学赏析

这首词是作者在密州任职期间，登上超然台观赏春景，有感而发所作。

上片写景，用白描的方式勾勒出一幅密州春景图。“春未老，风细柳斜斜”从细处着手，描绘了微风吹拂、杨柳依依的场面。“试上超然台上望”顿时将视野由局部转向整体，护城河中半满的春水和满城的繁花，再加上烟雨朦胧中的万千房舍，营造了极为恬静舒适的感觉，此为感情的“扬升”。

下片抒情，“寒食后，酒醒却咨嗟”，为何咨嗟？因为寒食节后即为清明节，是祭祖扫墓、缅怀先人的节令，而作者却饱尝有家难回、有志难酬的无奈与惆怅。此情此景之下，切莫对着老朋友说思念故乡，以免那无边的愁绪“才下眉头，却上心头”，此为感情的“抑制”。如果就此完结，则不符合苏轼豁达超脱的襟怀，“文如其人”，苏轼总会为自己的情绪找到出口，于是就有了“且将新火试新茶。诗酒趁年华”，此处情绪再次“扬升”，吻合题目“超然”二字，并与开头“春未老”呼应。与其念想不可得之事，不如把握当下，不失为一种人生选择，正如苏轼在其他篇章中所述说的那样——“一蓑烟雨任平生”，“此心安处是吾乡”。

终南别业[1]

［唐］王维

中岁颇好道[2]，晚家南山陲[3]。
兴来每独往[4]，胜事空自知[5]。
行到水穷处[6]，坐看云起时。
偶然值林叟[7]，谈笑无还期[8]。

一、词句注释

1. 终南别业：即辋川别墅，王维在诗人宋之问辋川山庄（陕西蓝田西南10公里处）的基础上营建，今已湮没无存。

2. 中岁：中年。好（hào）：爱好、喜好。道：这里指佛教。

3. 晚：晚年，这里指近年来。家：动词，安家。南山：终南山。陲：边境、边陲。

4. 兴：兴致、兴趣。

5. 胜事：快乐的事、美好的事。

6. 穷：穷尽、尽头。

7. 值：碰到、遇见。叟：老者。

8. 无还期：没有准确的返回时间。

二、白话译文

我中年以后对佛教非常痴迷，直到近年来才终于在终南山安家定居。每当有兴致就独自出去游玩，遇到美好的事情也只有自己知道。前行时不觉走到水流的尽头，间或坐下来看云雾万千变化。偶尔在林间遇到乡村老者，只顾与他聊天忘记了回家。

三、文学赏析

本诗描写了作者闲居山林、自得其乐、超然物外的闲适情趣，生动刻画了一位隐居者的形象，如同不食人间烟火的世外高人，表现了作者豁达自然、随遇而安的心态。全诗平白如话，却极具功力，把闲适情趣写得有声有色、惟妙惟肖，意境清幽自然，“行到水穷处，坐看云起时”语言平凡无奇，内涵哲理丰富，情景、诗味、理趣兼备，极具感染力。结尾两句引入人的活动，强烈的生活气息扑面而来，诗人的形象更加可亲，全诗结构更显自然生动。

秋 词

[唐]刘禹锡

自古逢秋悲寂寥[1]，
我言秋日胜春朝[2]。
晴空一鹤排云上[3]，
便引诗情到碧霄[4]。

一、词句注释

1. 悲寂寥：悲叹萧条寥落。
2. 春朝：春天。
3. 排：排开，意指冲破。
4. 碧霄：青天。

二、白话译文

自古以来，文人墨客每逢秋天都会感叹萧条寥落，在我看来秋天要胜过春天。秋高气爽，天空中一只仙鹤推开层云直上云霄，也将我的诗情带到万里之外的高空。

三、文学赏析

伤春悲秋是文人墨客创作诗词时的常见题材。每逢秋天，花草树木枯黄凋零，一派萧索败落之感，往往引起人们忧伤难过的情绪，久而久之，秋天就与“悲伤”“忧愁”紧紧联系在一起。比如李白《秋浦歌》“秋浦长似秋，萧条使人愁”，杜甫《登高》诗中“万里悲秋常作客，百年多病独登台”。而这首《秋词》却借助秋天的景色，表达了作者积极向上的乐观态度，正是这股向上的朝气，使得这首《秋词》成为描写秋天的诗词中与众不同的佳作。

“鹤”寓意着高雅圣洁、清新脱俗，万里晴空中一只孤零零的仙鹤扇动翅膀奋力翱翔，穿透云层，这不正是作者的化身吗？刘禹锡精心选取这一物象，以鹤喻己，以云喻敌。当年作者是不是真的看到一只凌云直上的仙鹤已经不再重要，重要的是作者心中的感受早已直冲云霄。

全诗气势不凡，雄浑豁达，意境壮丽，融情、景、理于一体，不仅仅描绘出秋天的韵味，更多的是一种奋发向上的精神和豁达乐观的情怀，留给后人一份难能可贵的精神财富。

愁恨悲欢

杂 感

[清]黄景仁

仙佛茫茫两未成，
只知独夜不平鸣。
风蓬飘尽悲歌气[1]，
泥絮沾来薄幸名[2]。
十有九人堪白眼，
百无一用是书生。
莫因诗卷愁成谶[3]，
春鸟秋虫自作声。

一、词句注释

1. 风蓬：随风飘转的蓬草，比喻命途漂泊不定。
2. 泥絮：被泥水沾湿的柳絮，比喻不再轻狂。
3. 谶(chèn)：将来会应验的话。

二、白话译文

自己成仙成佛的道路渺茫，终未成功，只能独自在深夜抒发心中的愤懑不平。命运如蓬草般踪迹不定，已耗尽心中的慷慨激昂之气，如泥水沾湿的柳絮一样不再轻狂，却换来负心汉之名。十人有九人都会白眼相看，书生是一无是处。不要因为担心愁怨的诗句将来应验而发愁，春天的鸟儿和秋天的虫儿都会发出自己的声音。

三、文学赏析

黄景仁，清代诗人，一生怀才不遇，穷困潦倒，饱尝世态炎凉、人情冷暖之苦，所作多抒发穷愁不遇、寂寞凄怆之感。本诗作于乾隆三十三年（公元1768年）。

首联开宗明义，自己仙佛未成、功名无望，只能赋诗抒愤，一幅事业无成、暗自“不平鸣”的画面跃然纸上。颔联，漂泊不定的落魄生活把诗人的慷慨激昂之气消磨殆尽，已不再轻狂，却得到负心汉的名声，诗人可谓牢骚满腹，心如死灰。颈联中借用阮籍“青白眼”的典故，据说阮籍善用“青白眼”示人，对于自己喜欢的正直的人就示“青眼”，对讨厌的人则示“白眼”，我们现在仍在沿用“白眼”这个词表示对人的不满。“百无一用是书生”既是自嘲，更是对现实的无奈，这句诗常被曲解误用，形容书生纸上谈兵，不能解决实际问题。“十有九人”对“百无一用”，自然练达，文章天成，令人称绝。尾联阐明心迹，每个人都如同春鸟秋虫鸣叫一样，都有抒发自己心声的权利，世人以为诗愁太多往往如谶语应验，作者则不以为然，此句富含哲理，道出了主观意识与客观事物的辩证关系。

宣州谢朓楼饯别校书叔云[1]

［唐］李白

弃我去者，昨日之日不可留；
乱我心者，今日之日多烦忧。
长风万里送秋雁[2]，
对此可以酣高楼[3]。
蓬莱文章建安骨[4]，
中间小谢又清发[5]。
俱怀逸兴壮思飞[6]，
欲上青天览明月[7]。
抽刀断水水更流，
举杯消愁愁更愁。
人生在世不称意[8]，
明朝散发弄扁舟[9]。

一、词句注释

1. 宣州：今安徽宣城一带。谢朓楼：为南朝齐国人谢朓任宣城太守时所建，唐朝时重建，人称谢朓楼、谢公楼。校书：秘书省校书郎，官职名，负责书籍的编撰整理。叔云：李白的族叔李云。

2. 长风：大风、远风。

3. 酣：畅饮。

4. 蓬莱：东汉藏书之所，李云曾任秘书省校书郎，这里代指李云。建安骨：建安指汉末献帝年号，当时“三曹”（曹操、曹丕、曹植）和“建安七子”（孔融、陈琳、王粲、徐干、阮瑀、应玚、刘桢）等人诗风强劲刚健，后人称之为“建安风骨”。

5. 小谢：谢朓（公元 464—499 年），字玄晖，南齐诗人。后人将他和谢灵运并举，称为小谢、大谢。这里用以自喻。清发：清新秀丽。

6. 俱怀：都怀有。逸兴：飘逸豪放的兴致。壮思：雄心壮志。

7. 览：同“揽”，摘取。

8. 称意：称心如意。

9. 散发：披散头发，指放弃仕途的约束。弄扁舟：乘小舟隐居江湖。

二、白话译文

昨日的时光已离我而去不可挽留，今天的烦恼忧愁扰乱我的心绪。长风吹遍万里送来了秋雁，面对此情此景，在谢朓楼开怀畅饮最为应景。你的文章像建安时期的作品那样刚健遒劲，而我的风格也像谢朓般清新秀丽。我们都怀有飘逸豪放的兴致，想登上九天揽取明月。抽刀阻断流水，水却更加奔涌；举杯饮酒消解愁绪，却更加愁闷。人生在世不能称心如意，不如明天抛却仕途，驾一叶扁舟自在漂流。

三、文学赏析

唐玄宗天宝十二年(公元753年)，李白客居宣州时，秘书省校书郎李云到访宣州，二人同游谢朓楼，李白设宴为其送行，同时写下千古佳作。

前两句开门见山，抒发理想和抱负不能实现的烦忧苦闷，格调低沉压抑。中间三句却一改愁绪，“长风万里”以夸张的手法极言内心豪情，自然引出高楼畅饮。“蓬莱文章建安骨，中间小谢又清发”毫不掩饰李云和自己都是才华横溢的人才，都有逸兴壮思，“欲上青天览明月”是李白诗常用的意象，显示其放荡不羁、无所拘束的性格特点。后两句“抽刀断水水更流，举杯消愁愁更愁”，风格情绪再次急转直下，采用重叠回环的写法，却丝毫不显拖沓，反而更好地表达了作者内心那种挥之不去的愁意。“人生在世不称意，明朝散发弄扁舟”，为这种愁绪的排解找到了一个出口，那就是远离政治，寄情于山水之间。

全诗虽写愁苦，却洋溢着豪迈奔放、慷慨悲凉的情怀，是李白诗歌的代表作。诗句被台湾地区歌手黄安引用，作为歌曲《新鸳鸯蝴蝶梦》的歌词广为传唱：“昨日像那东流水，离我远去不可留，今日乱我心多烦忧。抽刀断水水更流，举杯消愁愁更愁，明朝清风四飘流。”

登科后[1]

［唐］孟郊

昔日龌龊不足夸[2]，
今朝放荡思无涯[3]。
春风得意马蹄疾[4]，
一日看尽长安花[5]。

一、词句注释

1. 登科：指考中进士，又称及第、登第、擢第等。

2. 龌龊：糟糕的处境。不足夸：不值得一提。

3. 放荡：无拘无束。

4. 疾：快、急速。

5. 长安：唐代都城西安。看花：进士得中后集体参加的活动，活动中推选一人作为探花郎。

二、白话译文

以往糟糕困顿的处境不值得一提，如今得中进士，终于可以自由自在无所顾忌。乘着和煦的春风，骏马也比往昔轻快了许多，一天可以遍游长安城、看尽满城花。

三、文学赏析

孟郊(公元751—814年)诗作多写世态炎凉和民生疾苦,人称“诗囚”,与贾岛并称“郊寒岛瘦”。孟郊两次考取进士失败,作诗《落第》《再下第》《下第东南行》《下第东归留别长安知已》等,充分描述了两次落第的愤懑哀伤。皇天不负有心人,他终于在40多岁得中进士,此时阴云散去,满心欢喜作诗《登科后》。

前两句以对比的写法,写昔日人生苦难、仕途不顺,而今一朝得中、满面春风。往昔的苦难困顿一扫而空,终于扬眉吐气,别提心情多么畅快了。后两句写人逢喜事精神爽,连马蹄也如生风一般,比往日轻快了许多,偌大的长安城花团锦簇,遍及各处,却可以一日看尽。

全诗为我们描述了一场可意会可言传的立体场面,情景交融,妙笔生花,一抒作者心中的酣畅淋漓、自由畅快之感,“春风得意马蹄疾,一日看尽长安花”两句,甚为人们喜爱,并派生出两个成语——“春风得意”和“走马观花”,这是作者留给中华民族的宝贵文化财富。

自　遣[1]

[唐]罗隐

得即高歌失即休[2]，
多愁多恨亦悠悠[3]。
今朝有酒今朝醉，
明日愁来明日愁。

一、词句注释

1. 自遣：自我排遣宽慰。

2. 得、失：得到或失去（引吭高歌的机会），主要指仕途上的进退沉浮。

3. 悠悠：悠然自在的样子。

二、白话译文

得到的时候就放声高歌，失去的时候就由他去吧，纵然愁苦愤懑也依然要悠然自在。今天有酒就痛快畅饮喝个酩酊大醉，明天的忧愁就等明天再烦闷吧。

三、文学赏析

罗隐，晚唐诗人，仕途不顺，参加十余次进士考试均铩羽而归，史称“十上不第”。代表作《谗书》对当时社会进行了深刻的批判揭露，诗集《甲乙集》也多为讽刺现实之作，在民间流传较广。

该诗成功塑造了纵酒高歌、放浪形骸的旷士形象，作者仕途的失意引发思想上的消极颓废和行动上的肆意而为。“得即高歌失即休，多愁多恨亦悠悠”，描绘了一幅生动形象的画面，展现了作者率真坦荡的一面，他不会为了顾虑他人感受而故作斯文，而是将心中的愁苦愤懑直接表现出来。“今朝有酒今朝醉，明日愁来明日愁”是对前两句的演化推进，“得即高歌”继而“今朝有酒今朝醉”，“失即休”而后“明日愁来明日愁”。作者使用重复的写作手法，首句“即”、次句“多”、三句“今朝”、尾句“明日愁”，给人以回环往复之感，同时又有灵动变化，特别是“今朝有酒今朝醉”成为脍炙人口的名句。可以说，后两句诗将作者得过且过、及时行乐的形象刻画得鲜明至极，从中不难看出作者饮酒买醉只是缓解一时的烦闷情绪，并不能彻底解决心底的问题，愁绪将依然持续下去。

宝剑记·夜奔[1]

[明]李开先

登高欲穷千里目，
愁云低锁衡阳路[2]。
鱼书不至雁无凭[3]，
几番空作悲愁赋。
回首西山月又斜，
天涯孤客真难渡。
丈夫有泪不轻弹，
只因未到伤心处。

一、词句注释

1. 宝剑记：明代以水浒故事为题材的传奇作品，主要写林冲被逼上梁山的始末，全剧五十二出，本段节选自第三十七出《夜奔》。

2. 衡阳：相传大雁南飞至此歇翅，意指路途遥远。

3. 鱼、雁：代指书信。

二、白话译文

我欲登高远眺，只见愁云密布。书信不通，只能愁怀满腹。回头望西山，孤月斜挂天边，独自一人浪迹天涯真是难熬。都说男子汉大丈夫不轻易掉眼泪，只是因为没有到真正伤心的时候啊！

三、文学赏析

本文文辞朴实无华，语言典丽而不雕琢，是作品中最为精彩的章节，描写了林冲万般无奈中连夜奔逃梁山的情景与内心活动。登高千里而愁云锁路，书信难至故踌躇满怀，西山日暮却孤身羁旅，描写了林冲避难远逃、前途未卜的处境。末尾将压抑的情感迸发出来，“丈夫有泪不轻弹，只因未到伤心处”，展现了铁汉柔情、苦诉无途的悲凉。

花木芳香

卜算子·咏梅

［宋］陆游

驿外断桥边[1]，
寂寞开无主[2]。
已是黄昏独自愁，
更著风和雨[3]。

无意苦争春[4]，
一任群芳妒[5]。
零落成泥碾作尘[6]，
只有香如故[7]。

一、词句注释

1. 驿外：驿站，指荒凉偏僻的地方。断桥：残破的桥。
2. 无主：无人照看、无人赏识。
3. 更：又、更加。著：遭受。
4. 苦：尽力、竭力。争春：与百花争奇斗艳。
5. 群芳：百花，指朝廷中的主和派。
6. 碾：碾压。

7. 故：以前，指梅花在枝头盛开的时候。

二、白话译文

驿站旁残破的断桥边，梅花无人管护、无人观赏，孤单地暗自开放。黄昏时分，这梅花尤为愁苦凄凉，还要遭受风吹雨淋。

梅花无意与百花争奇斗艳，任凭妒忌中伤，纵然被碾压得粉身碎骨融入尘泥，却依然保留清香。

三、文学赏析

陆游一生酷爱梅花，创造了大量以梅花为题材的作品。如“雪虐风饕愈凛然，花中气节最高坚”（《落梅》）、“高标逸韵君知否，正是层冰积雪时”（《梅花绝句》），赞美梅花迎风冒雪、傲然绽放、坚贞不屈的品格；如“子欲作梅诗，当造幽绝境。笔端有纤尘，正恐梅未肯”（《梅花绝句》）、“欲与梅为友，常忧不称渠。从今断火食，饮水读仙书”（《梅花五首·其三》），表达了对梅花高洁品质的无限爱慕敬仰；如“何方可化身千亿，一树梅花一放翁”（《梅花绝句》），抒发对梅花极度喜爱的情感。

本词为咏梅词中的巅峰之作。上阕写梅花的境遇，以“驿外断桥”起笔，通过对梅花所处自然环境的描述，营造惨淡气氛，为“愁”的情感作铺垫。“愁”的另外一个原因，是“独”，“女为悦己者容，花为悦己者红”，与百花受人追捧怜惜不同，“无主”的梅花无人照看、无人怜惜、无人赏识，更为悲催的是风雨摧残，让这份“愁”更递进了一个层次。可以说，上阕寥寥数语就让读者对梅花的境遇感同身受，也为下阕抒情埋下伏笔。

下阕写梅花的品格，她异于百花，无意于争奇斗艳，却仍遭妒忌陷害。很显然，此处用借代的手法托物言志。陆游一生坚定抗金，主张收复失地，他多次受到“主和派”的打压中伤。尾句“零落成泥碾作尘，只有香如故”则升华了主题，纵然千辛万苦、千疮百孔、零落成泥，也依然初心不改，依然保持本来、本性、本真，这是作者自陈心迹，表达顽强抗争、矢志不移的坚定决心。

不第后赋菊[1]

［唐］黄巢

待到秋来九月八[2]，
我花开后百花杀[3]。
冲天香阵透长安，
满城尽带黄金甲[4]。

一、词句注释

1. 不第：科举落榜。

2. 九月八：九月九日重阳节有登高赏菊的风俗，此处为了押韵而写为九月八。

3. 杀：草木凋零。

4. 黄金甲：指菊花金黄色的花瓣犹如黄金铠甲。

二、白话译文

等到重阳佳节来临的时候，菊花盛开后别的花已经凋零。成片盛开的菊花香气弥漫，充斥整个长安城，遍地都是如铠甲般的金黄色花瓣。

三、文学赏析

黄巢(公元820—884年),家中世代以贩卖私盐为业,家境十分富足。他善于剑术,粗通笔墨,少有诗才。成年后曾几次应试进士科,但皆名落孙山,于是他满怀愤恨写下本诗。后来他响应王仙芝参加农民起义,成为起义军领袖,于公元880年12月攻下长安即皇帝位,国号大齐,年号金统。公元883年4月,黄巢率军撤离长安。

本诗风格迥异,通篇充盈酣畅激烈之感。开篇“待到”二字势如破竹,但逢时节至,菊花必傲然怒放,与百花遇霜凋零形成鲜明对比,展现了菊花旺盛的生命力。三、四句分别围绕菊花的香气和形态着笔,香气不是淡雅的而是“冲天”的,不是单独零落的而是成片成“阵”的,一个“透”字、一个“尽”字更是将菊花的气势展现得淋漓尽致,可以看到作者对农民起义光明前景的自信,坚信农民起义会势不可挡,会摧枯拉朽般结束唐王朝的统治。

黄巢诗作流传下来的共三首,其中两首描写菊花,除本诗之外,还有一首《题菊花》:“飒飒西风满院栽,蕊寒香冷蝶难来。他年我若为青帝,报与桃花一处开。”从中不难看出作者托物言志,力图主宰社会的斗争思想和豪迈气概,集中反映了诗人的远见卓识和雄伟胆略。

山园小梅

[宋]林逋

众芳摇落独暄妍[1]，
占尽风情向小园。
疏影横斜水清浅[2]，
暗香浮动月黄昏[3]。
霜禽欲下先偷眼[4]，
粉蝶如知合断魂[5]。
幸有微吟可相狎[6]，
不须檀板共金樽[7]。

一、词句注释

1. 众芳：百花。摇落：被风吹落。暄妍：明艳美丽。
2. 疏影：稀疏的影子。横斜：枝干投影的样子。
3. 暗香：梅花发出的清幽香气。
4. 霜禽：白鹤。
5. 合：应该。
6. 微吟：低声吟唱。狎：亲昵而不庄重。
7. 檀板：檀木拍板，指唱歌。金樽：豪华酒杯，指饮酒。

二、白话译文

百花被风吹落，只有梅花明艳美丽，占尽小园的风情景致。横斜的梅花枝条在清澈浅水中留下稀疏的影子，淡淡的花香在黄昏的月下飘动。冬天白鹤想要落在梅花枝头总要先偷偷观看，夏日的粉蝶如果知道梅花如此美丽，一定会格外喜爱。幸好可以吟诗与梅花亲近，不需要歌舞和饮酒助兴。

三、文学赏析

作者林逋，极其喜爱仙鹤与梅花，他以梅为妻、以鹤为子，人称“梅妻鹤子”。

首联，开宗明义，“独”“尽”表达了对梅花的酷爱，描述了梅花傲然怒放、独秀于园的场景。

颔联，作者化用南唐残句“竹影横斜水清浅，桂香浮动月黄昏”，原句描写竹枝桂花，但未能形成统一的主题和意境，也鲜为后人所知，作者仅仅改动两个字，就产生了令人惊艳的艺术效果。“疏影”“暗香”描写了梅花不饰浓妆、超凡脱俗的特点，后世流传极广，暗香已然成为梅花的代名词。

颈联，通过虚写的手法，描绘了作者假想的场景，白鹤落于梅花枝头前也会忍不住先看几眼，夏天才有的粉蝶，如果知道梅花的美丽，应该要喜爱到极致，只可惜“夏虫不可语冰”，没有机会看到，作者通过拟人化的描写，表达了喜爱之情和幽居之乐。

尾联，则直抒胸臆，在赏梅中吟诗低唱，为恬淡生活增添雅兴,不需要歌舞饮酒这些喧闹举动来打扰,再次表达对梅花的真挚热爱之情。

蝶恋花·春景

[宋]苏轼

花褪残红青杏小[1]。
燕子飞时,绿水人家绕[2]。
枝上柳绵吹又少[3]。
天涯何处无芳草[4]。

墙里秋千墙外道。
墙外行人,墙里佳人笑。
笑渐不闻声渐悄。
多情却被无情恼[5]。

一、词句注释

1. 残红:尚未凋零的花朵。
2. 绕:环绕、围绕,一作“晓”。
3. 柳绵:指柳絮。
4. 芳草:茂盛的青草,指代春光。
5. 恼:烦恼、苦恼。

二、白话译文

杏花尚未完全凋谢，杏树已经结出小果。燕子在空中飞来飞去，绿水环绕着村落人家。树枝上的柳絮在春风吹拂下越来越少，天地之间哪里没有茂盛的芳草呢？

围墙里面一位少女正在荡秋千玩耍。墙外的行人听到不绝于耳的嬉戏声，不禁心生情愫。渐渐地笑声停歇了，行人怅然若失，仿佛被少女的无情所伤害。

三、文学赏析

这是一首伤春诗，语言朴实易懂，完全没有古诗词的繁复晦涩，这正是大文豪苏轼的过人之处——不刻意引经据典、雕琢字句，而是以轻松家常的方式表露感情。

开篇作者以杏树写起，杏花已经凋零无几，杏树结出果实，只是果儿尚小。古诗词中的燕子是“家”的具象，也常用作春天的信使，如晏殊的《破阵子·春景》“燕子来时新社，梨花落后清明”等。燕子在空中飞来飞去，绿水环绕着一户农家，枝头上的柳絮被风吹落所剩无几。上阕短短几句话，先静后动，描绘出一幅美丽生动的画面，暮春时节的场景跃然纸上，表达对春光流逝的叹息，但作者并不哀伤，随即以“天涯何处无芳草”聊以自慰，名言佳句就此成笔。

下阕反复使用一个“墙”字，看似纷繁复杂却别有情趣，也与上阕的绿水人家形成呼应。遇见佳人却无缘一见，内心多情却遭遇无情对待。全词反映了诗人的心理历程，于清新中蕴含哀怨，于婉丽中透出忧伤，意境朦胧，韵味无穷。

乡思离情

望月怀远[1]

[唐]张九龄

海上生明月，天涯共此时。
情人怨遥夜[2]，竟夕起相思[3]。
灭烛怜光满[4]，披衣觉露滋[5]。
不堪盈手赠[6]，还寝梦佳期[7]。

一、词句注释

1. 怀远：想念远方亲人。
2. 情人：多情的人，指作者自己。
3. 竟夕：通宵、整夜。
4. 怜：怜惜、怜爱。
5. 滋：湿润。
6. 堪：能。盈：满。
7. 寝：入睡。

二、白话译文

茫茫海面上升起一轮明月，远在天涯的亲人也共享此刻的月华。有情人怨恨这漫漫长夜，苦苦相思，通宵不眠。熄灭灯烛，屋里洒满月光令人怜惜，披上衣服顿觉露水沾湿衣裳。不能手捧月光赠送给你，还是在睡梦中与你共享美好时光吧。

三、文学赏析

张九龄，唐代名臣、诗人，因遭诽谤排挤，贬荆州长史。此诗作于作者贬谪期间，表达了对远方亲人的思念。

首联“海上生明月，天涯共此时”，气势恢宏，场景壮阔，呼应诗题“望月”，与苏轼“但愿人长久，千里共婵娟”诗意相近，也同样广为流传。作者取“生”字，而非“升”字，展现了宏大苍劲的场景，与张若虚“海上明月共潮生”的“生”字有异曲同工之妙。颔联“情人怨遥夜，竟夕起相思”，由景入情，感情细腻，刻画入微，呼应题目“怀远”，“遥夜”“竟夕”极言思念之深。颈联“灭烛怜光满，披衣觉露滋”，通过视觉和触觉两个维度，反映作者夜不能寐、披衣起床的场景。尾联“不堪盈手赠，还寝梦佳期”是无法排解心中思念，不得已而为之，期待在睡梦中与亲人相见，可谓构思奇妙，令人回味无穷。

渡汉江[1]

［唐］宋之问

岭外音书断[2]，经冬复历春。

近乡情更怯，不敢问来人[3]。

一、词句注释

1. 汉江：长江最大支流，发源于陕西境内，在湖北武汉汇入长江。

2. 岭外：五岭以南的广东地区，唐代常为流放罪臣之地。本句也作“岭外音书绝”。

3. 来人：渡江时遇到的家乡人。

二、白话译文

自己被贬到遥远的岭南地区，与家人已经断绝了书信往来，度过冬天又到了春天。眼看故乡将近，内心却更加胆怯，遇到从故乡来的人也不敢打听家乡的消息。

三、文学赏析

宋之问（约公元656—712年），初唐诗人，他完善了律诗体制，使格律更加严谨，是格律诗的奠基人之一，与沈佺期并称“沈宋”。

宋之问出身并不显赫，却才华横溢，二十岁即高中进士。关于他有两个故事：公元698年春，女皇武则天游览洛阳龙门，命令群臣作诗，文采最上层者有重赏，左史东方虬率先完成，武则天十分满意，赏赐锦袍一件。稍后宋之问呈上所写的《龙门应制》，武则天觉得更好，于是让东方虬将锦袍送给宋之问，群臣一片沸腾，诗会达到高潮。宋之问龙门夺袍遂成佳话，广为流传。公元709年，唐中宗李显在京城昆明池组织了一场百人诗会，才女上官婉儿作为裁判，将不入眼的作品纷纷丢下彩楼，最后只剩下宋之问和沈佺期的。大家纷纷好奇谁能胜出，不一会儿，沈佺期的作品也被丢下，沈佺期表示不服，众人也好奇原因，上官婉儿回答众人疑惑，说沈诗结尾“词气已竭”，而宋之问结尾“犹陟健举”，意思是宋诗结尾更加意气风发、豪情满怀。

宋之问纵然才识过人，却难掩其低劣人品，千百年来为世人所不齿。他杀亲夺诗，谄媚逢迎。当时深得武则天宠爱的张易之、张昌宗兄弟飞扬跋扈，权倾一时，宋之问放下文人的自尊和清高，竭力巴结张氏兄弟，极尽谄媚之能事。宋之问渴望像张氏兄弟那样得到武则天的宠爱，于是毛遂自荐，写了一首艳诗献给女皇。武则天读后赞不绝口，只是他口臭熏人，让武则天颇为嫌弃。他卖友求荣，唐中宗神龙元年，太子李显复位，张易之、张昌宗兄弟被杀，宋之问作为张氏兄弟的党羽被贬为泷州(今广东罗定)参军。没过多久，他难以忍受岭南蛮荒之地的生活，瞒着朝廷偷偷逃回洛阳，藏匿于好友张仲之家中。一天，张仲之正与人密谋杀掉武姓残余势力武三思，宋之问听到后立即派侄子前去告发，结果张仲之全家被杀。宋之问因告密有功，其擅自逃回洛阳一事没有被追究，反而被提拔。

这首诗就是宋之问从岭南偷逃回洛阳途中经过汉江所作。首句“岭外音书断”从空间层面极言距离之远，次句“经冬复历春”从时间层面描述时间之长。抛开作者被贬的前因后果，单从字面上理解，是很能引起读者共鸣的。一个贬官，千里之外，蛮荒旷野，音信隔绝，孤苦伶仃，冬去春来，翘盼归期。三、四句“近乡情更怯，不敢问来人”广为传颂，这里的“怯”，区别于传统意义上的“怯”，写出了离乡的游子回到阔别已久的故乡之时，那种矛盾交织的心情。他担心家人的安危，担心亲友受牵连，尽管内心强烈期盼得知情况，但心理上无法接受可能的坏消息，所以遇到乡人也不敢打听了解。还有一层原因，作者是戴罪之身，未经允许偷偷返回家乡，自身境遇也是作者胆怯的一个重要原因。

本诗采用层层递进的手法，通过简洁的语言直抒胸臆，表达复杂矛盾的心理活动，抒情方式独特自然，艺术效果斐然。

逢入京使[1]

[唐]岑参

故园东望路漫漫[2]，
双袖龙钟泪不干[3]。
马上相逢无纸笔，
凭君传语报平安。

一、词句注释

1. 入京使：进京的使者。

2. 故园：京城长安的居所。

3. 龙钟：涕泪直流的样子，意指沾湿。

二、白话译文

东望京城，距离长安居所路途遥远，任凭双袖擦拭也止不住眼泪直流。骑马在路上匆匆相逢，无法用纸笔写信，请你向我的家人带个平安口信。

三、文学赏析

岑参（约公元715—770年），唐代著名边塞诗人，以边塞风光、军旅生活、异域风俗等内容见长，与高适并称“高岑”。

唐玄宗天宝八年(公元749年)，诗人第一次远赴西域，担任安西节度使高仙芝幕府僚佐。他告别了在长安的妻子，跃马踏上漫漫征途，西出阳关，奔赴安西(今新疆维吾尔自治区库车县)。

诗中描绘了这样一幅场景：经过数日的长途奔波，忽然迎面走来一位旧日相识，于是勒马而立，互问寒暖，交谈中得知对方正于回京述职的途中，想到自己离家多日不免落寞感伤，临时起意想写封家书请故人捎带回京，无奈未随身携带纸笔，只得托付故人捎口信向家人报个平安。

开头描写了作者为建功立业而西行多日，距京城已是千里之遥，漫漫长路上的颠沛流离，引发作者强烈的思乡之情，任凭双袖不停擦拭却也止不住眼泪流淌。“双袖龙钟泪不干”采用夸张的手法却没有丝毫突兀之感。最为传神的当属“马上相逢无纸笔，凭君传语报平安”二句。“他乡遇故知”可谓人生四大喜事之一，和入京使他乡偶遇必定有聊不完的话题，作者却一概不谈，单单就写无法用纸笔写信报平安、只得拜托捎个口信这件普通到极点的小事，可谓匠心独具。正如谭元春在《唐诗归》中所述：“人人有此事，从来不曾写出，后人蹈袭不得，所以可久。”

别董大[1]

［唐］高适

千里黄云白日曛[2]，
北风吹雁雪纷纷。
莫愁前路无知己[3]，
天下谁人不识君[4]。

一、词句注释

1. 董大：名董庭兰，唐朝著名音乐家，因在家族中排行老大，故称董大。

2. 黄云：天上的浮云，被夕阳映照成暗黄色。曛：夕阳西下时的昏黄景色。

3. 莫愁：不用担心。知己：知心好友。

4. 君：指董大。

二、白话译文

千里浮云在夕阳的映照下显得昏黄，北风劲吹，大雁南飞，雪花纷纷飘落。此行不用担心没有知心好友，天底下有谁不知道你呢？

三、文学赏析

高适，唐朝著名边塞诗人，与岑参并称“高岑”。这首诗是他送别好友、琴师董庭兰时所作，诗作两首，本诗为其一。

前两句写景，通过描写黄云、白日、大雁、北风、大雪等意象，刻画出离别时凄凉孤寂的情景，其中大雁南飞隐喻董大即将远行。后两句是诗人对朋友的鼓励和劝慰，我们知道诗人此时处于郁郁不得志的境地，这两句话既是临别时送给董大的宽慰语，更是在宽慰自己，激励彼此要充满信心和力量去搏击未来。“莫愁前路无知己，天下谁人不识君”与王勃的“海内存知己，天涯若比邻”同为送别场景引用率极高的名言佳句，两者有异曲同工之妙。

玉楼春·尊前拟把归期说[1]

［宋］欧阳修

尊前拟把归期说，
欲语春容先惨咽[2]。
人生自是有情痴[3]，
此恨不关风与月[4]。

离歌且莫翻新阕[5]，
一曲能教肠寸结[6]。
直须看尽洛城花，
始共春风容易别。

一、词句注释

1. 尊：同“樽”，酒杯。
2. 春容：春风妩媚的容颜，指离别的佳人。
3. 情痴：情到深处。
4. 风与月：楼头清风和空中明月，指代风景。
5. 离歌：饯行宴会上的送别曲。
6. 肠寸结：肝肠郁结。

二、白话译文

饯行的宴会上准备把归期说定，未等言语佳人已呜咽不止。人生自是有情，情到深处痴绝，这凄凄别恨与自然风物没有直接关系。

就不要再唱新送别曲了，一首就让人肝肠郁结。一定要将洛阳城的牡丹看完，继而才好与春风告别。

三、文学赏析

开篇通过常见的离别宴席这一场景，寥寥数字把难舍难分的感情描绘得跃然纸上。随后话锋一转，用唯物主义的观点阐释人的情愫实属生而有之，离愁别绪与自然风物其实没有关系，区别于以往借物言志、以景抒情的写法，展现了作者独到的视角。

下阕写离歌引发离愁，无需再多，一首足以让人肝肠寸断。“直须看尽洛城花，始共春风容易别”，只有在拂面春风中，遍赏洛阳满城的牡丹花才更容易排遣离愁。同样是“春风”，同样是“看花”，“春风得意马蹄疾，一日看尽长安花”却描绘了看花人截然不同的情绪，可谓是境传意、诗达情。

寄黄几复[1]

［宋］黄庭坚

我居北海君南海，
寄雁传书谢不能[2]。
桃李春风一杯酒，
江湖夜雨十年灯。
持家但有四立壁[3]，
治病不蕲三折肱[4]。
想见读书头已白，
隔溪猿哭瘴溪藤[5]。

一、词句注释

1. 黄几复：黄介，字几复，江西南昌人，是黄庭坚少年时的好友，两人志趣相投，友情深厚。

2. 寄雁传书：相传大雁南飞至衡阳回雁峰而返回，此时黄几复在更为偏远的南方，所以鸿雁传书也不能到达。谢：谢绝、拒绝。

3. 四立壁：家徒四壁，出自司马迁《史记·司马相如列传》“家居徒四壁立”。

4. 蕲(qí):祈求。三折肱(gōng):三次折断手臂,肱指胳膊由肘部到肩部的位置。

5. 瘴:瘴气、毒气。

二、白话译文

我住在北方海滨,而你在南方海滨,相距实在太远,想托鸿雁传书而不能实现。当年我们沐浴春风,欣赏桃李芬芳,畅饮美酒,而今江湖落魄,不觉间已过去十年,我常在孤灯下聆听夜雨,思念着远方的你。你努力持家却颇为清贫、家徒四壁,古人讲三折肱成为神医,我祈求你不要饱受磨难。料想你忍耐清贫奋发读书,头发应该都白了。隔着瘴气弥漫的溪水,猿猴在藤蔓上啼叫。

三、文学赏析

这是一首朋友间往来的诗。首联"我居北海君南海,寄雁传书谢不能"极言距离之远,化用《汉书·苏武传》"鸿雁传书"的故事。秦观《阮郎归》说"衡阳犹有雁传书,郴阳和雁无",而黄几复所在的广东,在地理位置上比衡阳、郴州更加偏南,所以连大雁也谢绝传递书信。颔联"桃李春风一杯酒,江湖夜雨十年灯"采用对照的写法,"桃李"与"江湖"、"春风"与"夜雨"、"一杯酒"与"十年灯"两两作对比,将乐与愁、暖与寒、短暂与漫长鲜明地展现出来,往日欢聚的短暂和如今长期的别离,以桃李、春风、一杯酒、江湖、夜雨、十年灯六个名词堆叠的形式展现出来,与唐代温庭筠《商山早行》"鸡声茅店月，人迹板桥霜”、元朝马致远《天净沙·秋思》“枯藤老树昏鸦，小桥流水人家，古道西风瘦马”效果同样惊艳。颈联“持家但有四立壁，治病不蕲三折肱”继续用典，以此衬托黄几复为政清廉，治理有方。尾联“想见读书头已白，隔溪猿哭瘴溪藤”，作者深为才华出众、勤学苦读却怀才不遇的好友鸣不平，感叹其远离京师，屈居下位，生活环境又极度恶劣。

黄庭坚作诗尤其喜欢用典，追求“无一字无来处”，这在一定程度上会使作品显得生硬晦涩，妨碍真情实感的生动表达。但这首《寄黄几复》可以说是一个例外，《左传》《史记》《汉书》中的散文语言入诗，给近体诗带来苍劲古朴的风味，恰有助于表现黄几复作风干练、为政清廉、刚正不阿的高洁品格。

诗经·小雅·采薇[1]

昔我往矣[2],杨柳依依[3]。
今我来思[4],雨雪霏霏[5]。
行道迟迟[6],载渴载饥[7]。
我心伤悲,莫知我哀。

一、词句注释

1. 采薇:节选自《诗经·小雅》。薇:豆科野豌豆属的一种,种子、茎、叶均可食用。

2. 昔:往昔、从前。往:出发。

3. 依依:指柳条轻柔飘扬的样子。

4. 思:用在句末,没有具体意义。

5. 雨(yù):动词,指下(雨、雪)。霏霏:指雪花飘舞的样子。

6. 迟迟:迟缓的样子。

7. 载渴载饥:又渴又饥。

二、白话译文

当初我出征的时候,杨柳枝条随风飘扬。而如今归来途中，大雪漫天纷飞。道路泥泞难走，我又饥又渴真劳累。满心伤悲，没有人知道我的哀伤。

三、文学赏析

《小雅·采薇》成作于西周时期，由久戍战场的士兵返回家乡时所作，描写了雪花飞舞的隆冬时节，解甲返乡的征夫在泥泞的道路上艰难前行，饥寒交迫中不免想起往昔出征时杨柳轻舞的场景，内心的苦楚无处述说，顿时潸然泪下。“昔我往矣，杨柳依依。今我来思，雨雪霏霏”两句，对仗工整，意境独具，精心选取两个季节的代表场景，形成鲜明对比。这两句是《诗经》中广为流传的诗句，东晋谢玄称之为《诗经》中的最佳诗句。

事理哲思

上堂开示颂[1]

[唐]黄檗禅师

尘劳迥脱事非常[2]，
紧把绳头做一场[3]。
不经一番寒彻骨，
怎得梅花扑鼻香。

一、词句注释

1. 上堂开示颂：指禅师登台传授经法。
2. 尘劳：尘念劳心。迥脱：摆脱、远离。
3. 绳头：拉车的绳子。做一场：指大干一场。

二、白话译文

摆脱尘念劳心很不寻常，要用力拉车，埋头大干一场。梅花不经历一番寒风刺骨的磨炼，怎么能吐露扑鼻的花香。

三、文学赏析

作者黄檗（bò）禅师，名希运，年幼时于鹫峰山（今江西省宜丰县黄檗山）出家，后受人启发，参谒百丈禅师而悟道。希运因酷爱家乡黄檗山，便以此为其禅苑命名，世称黄檗希运。

梅花象征着坚韧不拔、不屈不挠、自强不息的精神品质，这首诗通过描写梅花傲雪迎霜、凌寒盛开，告诫人们只有不畏艰难困苦才能有所成就。作者从禅宗诗偈的角度着笔，借此诗表达坚持修行的决心和信心，以自然界常见的现象，道出了世人对待困难所应采取的正确态度。

酬乐天扬州初逢席上见赠[1]

[唐]刘禹锡

巴山楚水凄凉地[2]，
二十三年弃置身[3]。
怀旧空吟闻笛赋[4]，
到乡翻似烂柯人[5]。
沉舟侧畔千帆过，
病树前头万木春[6]。
今日听君歌一曲，
暂凭杯酒长精神。

一、词句注释

1. 酬：答谢。乐天：白居易，字乐天。

2. 巴山楚水：刘禹锡被贬后，迁徙于朗州、连州、夔州、和州等边远地区，古时四川东部属于巴国，湖南北部和湖北等地属于楚国，这里用巴山楚水泛指刘禹锡贬谪之地。

3. 二十三年：刘禹锡从被贬连州刺史至应召回京，约二十二年，加之路途遥远，抵达京城已是来年，所以说是二十三年。弃置：贬谪。

4. 闻笛赋:指西晋向秀的《思旧赋》。三国曹魏末年,向秀的朋友嵇康、吕安因不满司马氏篡权而被杀害。后来,向秀经过嵇康、吕安的旧居,听到邻人吹笛,不禁悲从中来,于是作《思旧赋》。刘禹锡借用这个典故怀念已死去的王叔文、柳宗元等人。

5. 翻:副词,反而。烂柯人:指晋人王质。相传王质上山砍柴,看见两个童子下棋,就停下观看。等棋局终了,手中的斧柄(柯)已经朽烂。回到村里,才知道已过了一百年,同代人都已经亡故。作者以此典故感慨自己遭贬二十三年之后,暮年归返时已是世事沧桑,人事全非,恍如隔世。

6."沉舟"二句:这里作者以"沉舟""病树"指代自己。

二、白话译文

在巴山楚水这些凄凉的地方,我已经度过了二十三年。怀念故人只能反复吟诵《思旧赋》,久贬归来已经时过境迁。沉船旁边千艘船只驶过,病树前面万木争春。今天在酒席上听你高歌一曲,暂时凭借一杯美酒振奋精神。

三、文学赏析

时年55岁的刘禹锡罢和州刺史返回洛阳,同龄的白居易从苏州返回洛阳,两位诗人在扬州初逢。天涯沦落,相见恨晚,早已名满天下但都坎坷一生的他们在宴席上互相赠诗,彼此慰藉,留下了酬唱诗歌的"双璧"——《醉赠刘二十八使君》和《酬乐天扬州初逢席上见赠》。《醉赠刘二十八使君》诗文如下："为我引杯添酒饮，与君把箸击盘歌。诗称国手徒为尔，命压人头不奈何。举眼风光长寂寞，满朝官职独蹉跎。亦知合被才名折，二十三年折太多。"

刘禹锡二十余载宦海沉沦的人生遭际，引发白居易的极度同情，惺惺相惜之意溢于言表，扼腕叹息之情充盈笔端。诗中白居易盛赞刘禹锡"诗称国手"，然命途多舛、英才天妒，无奈只能"长寂寞""独蹉跎"。尾联"亦知合被才名折，二十三年折太多"将劝慰与惋惜融为一体，再次直观流露出无限慨叹之情。

随后刘禹锡和诗一首，就是同样流传千古的《酬乐天扬州初逢席上见赠》，他劝慰好友不必为自己的寂寞蹉跎而忧伤，对世事的变迁和仕途的沉浮表现出豁达的襟怀。诗中"沉舟侧畔千帆过，病树前头万木春"两句，表达了他这棵病树仍然要振奋精神迎上春光的情感。这两句被白居易称为"神妙"之句，也因其形象生动，至今仍常常被人引用，并赋予新的意义，喻示新事物必将取代旧事物。这首诗创作手法跌宕起伏，沉郁中见豪放，不愧为酬赠诗中的杰出代表。

定风波·南海归赠王定国侍人寓娘[1]

[宋]苏轼

常羡人间琢玉郎[2]，
天应乞与点酥娘[3]。
尽道清歌传皓齿[4]，
风起，雪飞炎海变清凉。

万里归来颜愈少[5]，
微笑，笑时犹带岭梅香[6]。
试问岭南应不好，
却道，此心安处是吾乡。

一、词句注释

1. 王定国：苏轼好友王巩，字定国。寓娘：王巩的侍妾，复姓宇文，名曰柔奴。

2. 琢玉郎：如玉石雕琢一般的丰神俊朗的男子。

3. 乞：怜惜。点酥娘：皮肤如凝脂般细腻嫩滑的女子。

4. 清歌：清丽美妙的歌声。皓齿：雪白的牙齿。

5. 颜：容颜。少(shào)：年轻。

6. 岭：岭南，是我国南方五岭（大庾岭、骑田岭、都庞岭、萌渚岭、越城岭）以南地区的概称。

二、白话译文

常常羡慕人间如玉雕琢般丰神俊朗的男子，上天也会怜惜他，赐予他温柔貌美的佳人为伴。人人称道她歌声曼妙、容颜姣好，就如同酷暑里风吹雪花带来阵阵清凉。

从遥远的岭南归来，容颜看起来却更加年轻了，微笑起来好像还带有岭南梅花的香味。试着问你岭南的生活应该很是不好吧，却说："心神安宁的地方，就是我的家乡。"

三、文学赏析

宋神宗元丰二年（公元 1079 年），"乌台诗案"发生，苏轼的人生轨迹由此改变。他被贬黄州，与其交从甚密的好友 20 多人受牵连，其中王巩最为严重，被贬岭南宾州（今广西宾阳），王巩的身边人纷纷远离他，而歌女柔奴却甘愿与他同去宾州。贬谪期间，王巩的儿子一个死在岭南，一个死在家中，王巩自己也几次病重差点死去，为此苏轼深感自责。

元丰六年（公元 1083 年），王巩北归，途径黄州之时，拜会苏轼。昔日的好友历经数年蛮荒之地的生活，却无颓废憔悴之色，这令苏轼大为惊奇，王巩看向身边的侍妾柔奴，说多亏她贴身细致照料才能有幸如此。苏轼追问岭南的生活应该很是不好吧，可是柔奴却不曾迟疑，答道"此心安处是吾乡"。这种超脱豁达的心境令苏轼大为敬佩，当即作词相赠。

上阕，苏轼以“琢玉郎”夸赞王巩起笔，浓墨重彩刻画柔奴的美貌与才艺，形容柔奴犹如酷暑里飞入片片雪花，沁人心脾，令人神往。下阕“万里归来颜愈少”句，可能大家听得不多，但一定听过“愿你出走半生，归来仍是少年”这句网络热语，而它的出处正是来自于此。“犹带岭梅香”的微笑将柔奴的安之若素展示得活灵活现。“试问岭南应不好”将作者内心的疑虑和盘托出，岭南蛮荒之地生活异常艰难，这应该是共识，只是向来豁达、随遇而安的东坡先生都如此发问，可见“岭南不好”的程度之深。在苏轼后续的人生中，他也曾远贬岭南，与王巩有佳人陪伴一样，苏轼身边也有王朝云陪伴，可惜王朝云终究没能安然北归，病逝于岭南。

“此心安处是吾乡”是全词的结尾，也是全词的点睛之笔，是最让作者和读者共情的语句。中国传统文化安土重迁，讲求叶落归根，思乡之情一直是诗词歌赋的重要题材。本词在当时即流传甚广，千百年来为世人转嫁思乡情绪提供了样板，同时也告诉我们一个颠扑不破的真理——面对苦难坦然处之，保持内心的淡定从容，终将迎来转机和重生。

和董传留别[1]

［宋］苏轼

粗缯大布裹生涯[2]，
腹有诗书气自华[3]。
厌伴老儒烹瓠叶[4]，
强随举子踏槐花[5]。
囊空不办寻春马[6]，
眼乱行看择婿车[7]。
得意犹堪夸世俗[8]，
诏黄新湿字如鸦[9]。

一、词句注释

1. 董传：洛阳人，与苏轼在凤翔结交。

2. 粗缯：粗糙的丝织品。大布：麻制的粗布。裹：裹挟、经历。生涯：人生的历程。

3. 诗书：原指《诗经》和《尚书》，这里泛指书籍。气：气质、精神面貌。华：华美、高贵、与众不同。

4. 老儒：年老的书生、老学究。瓠(hù)叶：指葫芦、冬瓜等的叶子。“烹瓠叶”出自《诗经·小雅》“幡幡瓠叶，采之烹之”，这里泛指读书。

5. 举子：参加科考的读书人。踏槐花：指科举考试中未中进士的考生，六月以后并不离开京城，大多借用闲宅、寺庙等安静处所居住，其间勤练文章，并将成稿呈献给官员以求推荐的机会，此时槐花泛黄，故有俗语“槐花黄，举子忙”。

6. 囊空：指囊中羞涩、口袋空空。办：置办、购买。寻春马：出自孟郊《登科后》“春风得意马蹄疾，一日看尽长安花”，唐代新科进士有头戴鲜花、骑马踏春的习俗。

7. 择婿车：宋代有“榜下捉婿”的现象，中举士子日后可能飞黄腾达，于是达官贵人、富商巨贾有意将其招为女婿，在放榜之日驾驶装饰豪华的车马前来，希望能选到中意之人。

8. 得意：指春风得意，即榜上有名。

9. 诏黄：诏书，因用黄麻纸书写而得名。新湿：指刚刚写成，字迹尚未干透。字如鸦：指诏书上的黑字。

二、白话译文

平日里都是穿着粗制简陋的衣服，胸中有学问自然而然就显得气质不凡。厌倦了与年老书生一起苦读诗书，立志要与举子们一同参加科举考试。因为囊中羞涩不能置办高头大马，这也不影响你榜上有名，放榜之日看着来来往往挑选女婿的车马不禁眼花缭乱。刚刚写成的诏书上终于有你的大名，这时候终于可以扬眉吐气，一扫以往的穷困落魄。

三、文学赏析

宋仁宗嘉祐六年(公元1061年),苏轼任凤翔府判官,董传与之结交,两人一起谈古论今、吟诗作对,苏轼深感董传文采出众,遗憾的是董传一直科举不中,于是在离别时赋诗赠友,为好友送上真诚的鼓励和祝福。

开篇“粗缯大布裹生涯,腹有诗书气自华”描写了董传清贫落魄的人生际遇,但这丝毫不影响他饱览群书、谈吐不凡的高贵气质。“裹”字极为传神,生动刻画了他衣衫简陋的状态,“自”极言自然而然的感觉,有种压制不住、泉涌般展现的动感。“腹有诗书气自华”常被用来形容读书与个人修养、气质的关系,告诉我们华美的精神面貌是长期在诗书中浸润的结果,无关外貌、衣着、地位,只要勤学不辍、长期积累,终将变得器宇轩昂、熠熠生辉。

颔联“厌伴老儒烹瓠叶,强随举子踏槐花”,“厌伴”与“强随”、“老儒”与“举子”、“烹瓠叶”与“踏槐花”两两对应,赞美董传立志高远、追求上进的人生态度。

颈联以“囊空不办寻春马,眼乱行看择婿车”宽慰董传,你虽然囊中空空、无钱买马,但请相信有朝一日金榜题名,一定会被达官贵人抢作女婿,真实反映科举制度改变读书人命运,形成“朝为田舍郎,暮登天子堂”的巨大反差。

尾联“得意犹堪夸世俗,诏黄新湿字如鸦”,再次送上祝福,诏书上如鸦的黑字终会有你的大名,你于春风得意之时,面对世俗的社会终将扬眉吐气。

整首诗简约凝练，多处用典，感情真挚又不失诙谐，深刻阐释了读书改变气质、读书改变命运的真理，在当今社会仍有重大的现实意义。

金缕衣

[唐]杜秋娘

劝君莫惜金缕衣[1]，
劝君惜取少年时。
花开堪折直须折[2]，
莫待无花空折枝[3]。

一、词句注释

1. 金缕衣：金线缝制的衣服，比喻荣华富贵。

2. 堪：可以。直须：不犹豫、直接。

3. 莫待：不要等到。

二、白话译文

劝你不要眷恋荣华富贵，劝你要珍惜少年时光。花儿绽放的时候要及时采摘，不要等到花儿落尽只能折取花枝了。

三、文学赏析

这首诗是唐代的七言乐府诗，元和年间镇海节度使李锜非常喜爱这首诗，常命侍妾杜秋娘在宴席上演唱，于是有的唐诗选本将作者注为杜秋娘。

一、二句从“劝君”开头，以“莫惜”对“惜取”，以“金缕衣”对“少年时”，从中映衬出孰高孰低、孰优孰劣。语意与“一寸光阴一寸金，寸金难买寸光阴”异曲同工，极言光阴之宝贵。

三、四句以“花开”对“无花”，以“直须折”对“空折枝”，告诫人们要当机立断，不要贻误时机后暗自兴叹，与前两句直抒胸臆不同，此处以折花为喻，韵味无穷，极富艺术感染力。

赐萧瑀[1]

[唐]李世民

疾风知劲草[2],板荡识诚臣[3]。

勇夫安识义[4],智者必怀仁[5]。

一、词句注释

1. 萧瑀(yǔ):隋唐时期官员,唐初曾任宰相。

2. 疾风:猛烈的狂风。劲(jìng)草:强劲有力的草。

3. 板荡:《板》《荡》出自《诗经·大雅》,都是讽刺周厉王时代政治黑暗、首领荒淫无道的诗,后被用来形容天下大乱,局势动荡不安。

4. 勇夫:勇武的人。

5. 智者:有智谋的人。

二、白话译文

在迅猛的狂风之下,只有强劲有力的小草才不会倒下,在动荡不安的局势中,才能识别忠诚的臣子。单有勇武怎么懂得正义道理呢?有智谋的人必定怀有仁德之心。

三、文学赏析

萧瑀（公元575—648年），隋炀帝萧皇后胞弟，后归顺唐朝，辅佐唐高祖李渊。在李世民与其兄弟李建成、李元吉争夺皇位的过程中，萧瑀积极发挥作用，并劝谏李渊将政权交予李世民。后李世民登基后，封萧瑀为宰相，但因其性情刚直，不善交际，与人多有嫌隙，先后六次遭到罢相，但依然深得唐太宗肯定，这首诗即是有力支撑。

诗的前两句极富哲理性，说明了环境的极端重要。风和日丽天气里的小草，太平盛世中的臣子，平常时候看不出差别，只有在特别的条件下，劲草、诚臣才能被识别出来。

后两句另换角度继续称赞萧瑀：只凭一时之勇的人并不懂得真正的大义，而真正的智者必然心怀仁德。“疾风知劲草，板荡识诚臣”告诉我们一个道理：只有经过尖锐复杂斗争的考验，才能考察出真正的品德和节操。

论诗五首·其二

［清］赵翼

李杜诗篇万口传[1]，
至今已觉不新鲜。
江山代有才人出[2]，
各领风骚数百年[3]。

一、词句注释

1. 李杜：李白和杜甫。

2. 才人：有才华的人。

3. 风骚：原指《诗经·国风》和屈原的《离骚》，此处指文学艺术上的成就。

二、白话译文

李白、杜甫的诗篇成千上万人传诵，流传极广，只是到如今读起来已经不觉得新鲜。历朝历代都有才华横溢的人才出现，其诗篇佳作和才气会流传数百年之久。

三、文学赏析

这首诗从辩证的角度出发，纵然李白、杜甫这样的伟大诗人，其诗篇也有局限性。“江山代有才人出，各领风骚数百年”形容历史大势浩浩汤汤，不同时代总有新的人才出现，引领社会车轮滚滚向前。

作者借此呼唤诗文创作要敢于大胆创新，弘扬时代精神，引领文学潮流。

断　句

［宋］苏麟

近水楼台先得月[1]，

向阳花木易为春[2]。

一、词句注释

1. 近水楼台：靠近水面的楼台，现常用作形容接近权力或资源的核心，相比其他人更容易占到先机。

2. 向阳花木：迎着阳光方向的花木。易为春，又作“易逢春”“早逢春”。

二、白话译文

靠近水面的楼台，（因为没有树木的遮挡）能够先看到月亮的投影。迎着阳光方向的花木，（因为有暖阳照射最早发芽）能够最先形成春天的景象。

三、文学赏析

范仲淹任杭州知州时，知人善任，广纳贤才，提拔重用了一大批官员。当时一个官员苏麟在杭州下属县任巡检，看到范仲淹熟悉的官员纷纷被提拔，自己因常常在外巡检，而久未被提拔。他想去找范仲淹推荐自己，却觉得有跑官要官的嫌疑，不去心中又有不甘，多番思量之后决定写诗敬献范仲淹，表达心中想法。诗句只有两句："近水楼台先得月，向阳花木易为春。"范仲淹看到后，顿时心领神会，不久后就提拔了苏麟。

这段故事被宋人俞文豹收录在《清夜录》中："范文正公镇钱塘，兵官皆被荐，独巡检苏麟不见录，乃献诗云：'近水楼台先得月，向阳花木易为春。'"

诗只有短短两句，可谓短小精悍。近水楼台、向阳花木因条件便利更容易抢得先机，得到关照，如今也常用来讽刺利用某种便利条件得到照顾，优先获利的情形。

题张司业诗[1]

［宋］王安石

苏州司业诗名老[2]，
乐府皆言妙入神[3]。
看似寻常最奇崛[4]，
成如容易却艰辛。

一、词句注释

1. 张司业：即张籍，唐代诗人，历任水部员外郎、国子司业等职，世称张水部或张司业。

2. 苏州司业：张籍原籍苏州。老：历时长久，诗名老即诗作久负盛名。

3. 乐府：指张籍创造的新乐府诗。

4. 奇崛：奇异特殊。

二、白话译文

苏州张籍的诗作久负盛名，人人称赞他的作品神妙至极。看似寻常却最奇异特殊，成作好像很容易其实却饱含艰辛。

三、文学赏析

本诗高度概括了张籍诗作的特点，赞扬褒奖之意跃然纸上，同时也是自己诗词创作经验的总结。褪去繁华，回归质朴，以简洁明了之语，言世间真谛。

其实人生何尝不是如此，起初追寻个性奇崛，力求“语不惊人死不休”，待历尽千帆、繁华落尽，方悟平淡之中见真功。这份平淡看似寻常却又非同寻常，是厚积薄发的结果，是历尽艰辛的成果，其中滋味唯有经历者才能感悟领会。

夜坐·其二

[清]龚自珍

沉沉心事北南东，
一睨人材海内空[1]。
壮岁始参周史席[2]，
髫年惜堕晋贤风[3]。
功高拜将成仙外，
才尽回肠荡气中。
万一禅关砉然破[4]，
美人如玉剑如虹。

一、词句注释

1. 睨(nì):斜着眼睛看。

2. 壮岁:三十岁。周史:周朝的史官,此处以周朝代清朝。

3. 髫(tiáo)年:幼年。

4. 禅关:参悟宗教教义时遇到的种种障碍。砉(xū)然:皮骨剥离之声,此处形容禅关开裂之声。

二、白话译文

沉重心事之下东奔西走，望眼海内人才空空。幼年时就随入晋代贤达放荡不羁、不拘礼法之风，直到三十岁左右才谋了个国史馆校对的小官。我的理想追求并不是谋求高官或修道成仙，而是书写才气纵横、令人荡气回肠的篇章。万一有一天冲破影响才智的重重障碍，人可以成为如玉的美人，剑也能吐出如虹的气势。

三、文学赏析

龚自珍(1792 年 8 月—1841 年 9 月)，清代思想家、文学家及改良主义的先驱者，生于书香门第，自幼好读诗文。此诗作于 1823 年，32 岁的龚自珍第四次会试落榜，怀才不遇、悲愤难忍之际写下组诗二首，这是其中第二首。

首句自叙心境，心事沉沉皆因作者胸怀九州，放眼望去，海内人才空空如也，难道是真的没有人才吗？非也。有人才而不肯重用，自己就是此中之一。“我”少年时期就崇尚魏晋风流，不屑随波逐流，与当时的时局格格不入，以致壮年时才谋了个低微的职务。颈联表明心迹，作者志不在高官厚禄，不在修炼成仙，而在于解决烦恼，实现情与才的交融，反映了作者无奈之下欲求逃遁的心理活动。尾联，诗人虽然受禅学影响，参悟之后仍然追求“一剑一箫”的理想。所谓“美人如玉”，即用秦穆公女儿弄玉吹箫引凤的典故来指代诗人为艺术锲而不舍的审美追求；所谓“剑如虹”，即用《史记》“荆轲慕燕丹之义,白虹贯日”来指代诗人不惜献身的伟大襟怀。

本诗初读似乎有些晦涩难懂,但通过了解作者生平和文字背后的情景,还是比较容易悟出作者本意的。

代悲白头翁[1]

［唐］刘希夷

洛阳城东桃李花，
飞来飞去落谁家？
洛阳女儿惜颜色，
坐见落花长叹息[2]。
今年花落颜色改，
明年花开复谁在？
已见松柏摧为薪[3]，
更闻桑田变成海。
古人无复洛城东，
今人还对落花风。
年年岁岁花相似，
岁岁年年人不同。
寄言全盛红颜子[4]，
应怜半死白头翁。
此翁白头真可怜，
伊昔红颜美少年。

公子王孙芳树下，
清歌妙舞落花前。
光禄池台文锦绣[5]，
将军楼阁画神仙[6]。
一朝卧病无相识，
三春行乐在谁边[7]？
宛转蛾眉能几时[8]？
须臾鹤发乱如丝[9]。
但看古来歌舞地，
唯有黄昏鸟雀悲。

一、词句注释

1. 代：拟。白头翁：白发老人。

2. 坐见：一作“行逢”。

3. 薪：烧火用的木柴。

4. 寄言：转告。全盛：正值青春年华。红颜子：红颜少年。

5. 光禄：光禄勋，指东汉马援之子马防。马防在汉章帝时拜光禄勋，生活很奢侈。文锦绣：以锦绣装饰池台。

6. 将军：指东汉权贵梁冀，他曾为大将军，大兴土木建造府邸。

7. 三春：泛指春天。

8. 宛转蛾眉：指青春年华。

9. 须臾：一会儿。鹤发：白发。

二、白话译文

洛阳城东的桃花梨花随风飘落，飞来飞去会落到谁家呢？洛阳城里的少女珍惜眼前的美景，看见片片落花长叹不止。今年花落时节容颜已变，明年花开时候还有谁能在场呢？已经看见砍伐松树柏树用来烧火，更是听闻沧海桑田的变化。故人已经不再为洛阳城东的落花感伤，今人仍在为随风飘零的落花而伤心不已。年年岁岁，花开花落，岁岁年年，人却变了模样。转告那些正值青春年华的红颜少年，应该怜悯这个已是半死之人的白头老翁。这个白头老翁真是可怜，以前他也是风流倜傥的俊俏少年。他常常与王孙贵族在芳树下寻欢作乐，在落花前欣赏清歌妙舞。他也曾像光禄勋马防那样用锦绣装饰池台，像东汉权贵梁冀一样在亭台楼阁中作画。一朝卧病在床便无人理会，往昔的三春行乐又到哪里去了呢？美好的青春年华能存留多久呢？片刻间已经满头白发蓬乱如丝。只管看看古往今来的歌舞之地，留下的只是黄昏时的鸟雀悲啼。

三、文学赏析

这首诗刻画了红颜少女、白头翁两个人物，阐释青春易逝、富贵无常的道理。全诗以“寄言全盛红颜子”为界，分为前后两段，前半段写洛阳女子伤春惜花，抒发人生短暂、红颜易老之感；后半段写老翁遭遇，抒发世事变迁、富贵无常之感，点出白头老翁的今天极有可能是红颜女子的未来。赵翼在《瓯北诗话》中评《代悲白头翁》:此等句,人人意中所有,却未有人道过,一经说出,便人人如其意之所欲出,而易于流播。

书扇示门人[1]

[宋]范仲淹

一派青山景色幽，
前人田地后人收。
后人收得休欢喜，
还有收人在后头。

一、词句注释

1. 门人：指学生。

二、白话译文

成片的青山景色恬静幽美，前人耕种的田地已为后人所有。但是后来者不要欢喜得意，后面还是要被他人占有的。

三、文学赏析

这首诗语言直白，哲理深刻。得失不是永恒的，前人、后人也是交替变换的，今天的“得”可能转化为明天的“失”，“后人”也会转变为“前人”。作者“收得休欢喜”告诫人们要居安思危，启示门生要用辩证变化的眼光看待问题，勉励他们要豁达睿智、淡定从容。

浪淘沙·其八

［唐］刘禹锡

莫道谗言如浪深，
莫言迁客似沙沉[1]。
千淘万漉虽辛苦[2]，
吹尽狂沙始到金。

一、词句注释

1. 迁客：遭受贬谪的人。
2. 漉：过滤。

二、白话译文

不要说谗言像惊涛骇浪一样深不可测，不要说遭受贬谪的人像泥沙一样深埋水底。要经历千万遍淘洗过滤，历尽千辛万苦，最终才能淘尽泥沙得到真金。

三、文学赏析

“莫道谗言如浪深，莫言迁客似沙沉”，这两句诗作者直抒胸臆，不要认为谗言像汹涌波涛一样深不可测，遭贬蛮荒之地的离人也并非泥沙一般深埋水底。寥寥数字,“诗豪”刘禹锡豪迈豁达的个性特点跃然纸上。为什么这样说?这要从作者所处的历史境遇说起。刘禹锡遭贬任职夔州期间写下《浪淘沙》组诗九首,十几年的贬谪生涯并没有让他消沉堕落、随波逐流,即使处处感受到谗言的无尽伤害,即使长期如泥沙一样颠沛流离,他始终坚信这是“天将降大任于是人也,必先苦其心志,劳其筋骨,饿其体肤,空乏其身,行拂乱其所为”,最终自己会如千万遍淘漉后得到的真金一样熠熠生辉,实现个人价值,这也是对诬陷诋毁自己的政敌最好的反击。“千淘万漉虽辛苦,吹尽狂沙始到金”,写出了正义必定战胜邪恶的豪迈信念,是刘禹锡一贯思想品格的真实反映,作品通过“浪”“沙”“金”等具体的形象,概括诗人的切身感受,给人以哲理启示。

集杭州俗语诗

[清]黄增

色不迷人人自迷[1]，
情人眼里出西施。
有缘千里来相会，
三笑徒然当一痴[2]。

一、词句注释

1. 色：姿色、容貌。

2. 三笑：“一笑倾城，二笑倾国，三笑倾我心。”这个典故出自《蕉窗杂录》，说是唐伯虎偶遇一女子，女子“笑而顾己”，令唐伯虎心醉神迷，经过几番周折，终于缔结良缘，这就是“唐伯虎三笑点秋香”的故事，因多次被拍作电影而为大家熟知。徒然：偶然，没有原因的。

二、白话译文

姿色本不迷人，只是看的人自己被迷上了，即使长得不怎么样，在意中人的眼中也如西施一样。如果两个人有缘分，纵使千里之隔也终会走到一起，不经意的笑容也会令人为之痴迷。

三、文学赏析

这是清代诗人黄增的一首“集句诗”，所谓“集句诗”就是集句成诗，要求作者融会贯通，将原诗句融为一体，使之顺畅自然。题目标明本诗并非作者原创，而是集合杭州的俗语而成。

首句“色不迷人人自迷”，在明代几部著作中均有出现。一是冯梦龙《警世通言·卷二十四》，原文“酒不醉人人自醉，色不迷人人自迷”。二是兰陵笑笑生《金瓶梅词话》第八十一回：“正是：酒不醉人人自醉，色不迷人人自迷。”三是明末凌濛初《初刻拍案惊奇》卷二五：“争奈酒不醉人人自醉，色不迷人人自迷。”次句“情人眼里出西施”也作“情人眼里有西施”，原是宋代谚语，宋代胡仔《苕溪渔隐丛话后集·山谷上》：“谚云：情人眼里有西施。”三句“有缘千里来相会”是经典名句，形容两个有缘分的人，不管相隔多远，都会相遇的。最早出自宋代无名氏《张协状元》第十四出：“有缘千里能相会，无缘对面不相逢。”1992年电视剧《新白娘子传奇》片尾曲《渡情》歌词也引用了此句。尾句相较前三句知名度上逊色不少，但是唐伯虎三笑点秋香的故事则家喻户晓，作者引用“三笑”的典故延续前三句表达之意，通篇和顺自然，丝毫没有违和之感。

菩萨蛮·书江西造口壁[1]

［宋］辛弃疾

郁孤台[2]下清江水，
中间多少行人泪？
西北望长安[3]，
可怜无数山。

青山遮不住，
毕竟东流去。
江晚正愁余，
山深闻鹧鸪。

一、词句注释

1. 造口：又名“皂口”，在今江西万安县东南。

2. 郁孤台：位于赣州城区西北部贺兰山（别名：田螺岭）顶，海拔131米。因坐落于山顶，以山势高阜、郁然孤峙得名。

3. 长安：西安，为汉唐故都。此处指代北宋都城汴京。

二、白话译文

郁孤台下这赣江的江水，水中有多少行人的眼泪？我举目西北遥望长安，可惜只看到无数的青山。

青山怎么能遮挡住这流淌的江水呢？最终江水还是要东流而去。夕阳西下我正满怀愁绪，只听见深山里传来鹧鸪的鸣叫。

三、文学赏析

辛弃疾（公元1140—1207年），南宋词人，字幼安，号稼轩，历城（今山东济南）人。他的毕生志愿就是北伐中原，恢复大宋统一，然而有将相之才却无从施展。不管何时何地，无论何见何闻，种种物象都会激发他的报国之志和悲愤之情。这首词是辛弃疾赴江西任职途经造口时所作，开篇“郁孤台”“清江”营造清冷之感，“借水怨山”，通过眼前景物抒发对国家兴亡的感慨。“青山遮不住，毕竟东流去”，以青山喻主和派，浩浩荡荡的江水必将冲破阻碍，奔腾向前。这既是眼前实景，又暗喻自己百折不回的意志，也增强了他必胜的信心。但一想到南归后的遭遇，又愁上心头，而那鹧鸪啼声，更使他愁上加愁。全词一波三折，极尽回环婉曲之美，以极高明的比兴手法，表达了蕴藉深沉的爱国情思，艺术水平高超，堪称词中瑰宝。

浣溪沙·细雨斜风作晓寒

[宋]苏轼

细雨斜风作晓寒，
淡烟疏柳媚晴滩[1]。
入淮清洛渐漫漫[2]。

雪沫乳花浮午盏[3]，
蓼茸蒿笋试春盘[4]。
人间有味是清欢[5]。

一、词句注释

1. 媚：使动用法，使……妩媚。

2. 清洛：洛涧，发源于安徽合肥，北流至怀远入淮河。漫漫：水势浩大的样子。

3. 雪沫乳花：煎茶时漂浮的白色泡沫。午盏：午茶。

4. 蓼(liǎo)茸：蓼菜嫩芽。蒿笋：茭白，一种蔬菜。春盘：旧俗，取迎春之意，立春时取生菜瓜果饼糖放于盘中，馈赠亲友或自用。

5. 清欢：清淡的欢愉。

二、白话译文

蒙蒙细雨，微微凉风，天气还稍微有些寒冷；淡淡的轻烟，稀疏的柳条，映衬初晴后的河滩更加明媚美丽。料想远方的洛涧汇入淮河后一定是水势浩大、茫茫一片。

品尝乳色的好茶及新鲜的野菜，人世间最有味道的就是眼前这清淡的欢愉吧。

三、文学赏析

本词前有小序："元丰七年十二月二十四日，从泗州刘倩叔游南山。"宋神宗元丰七年（公元 1084 年），苏轼被任命为汝州团练副使，他随即离开黄州赶赴汝州，年末途经泗州，与当地太守刘倩叔同游南山，并作词纪游。

上阕，细雨、斜风、淡烟、疏柳，描绘了一幅意境独特的水墨画，表达了作者恬淡闲适的心理状态。"媚"字尤为传神，为这幅画注入了生机活力，令整个场景为之一新。"入淮清洛渐漫漫"是作者假想的场面，因为作者游览的位置与怀远入淮口相距甚远，非目力之所能及，且冬季是枯水期，淮河水势尚未涨满，但作者却另辟蹊径，一个"渐"字，反映了作者是以发展变化的视角看待问题。

下阕，以游玩期间在乡间农家品茗和食用春盘着笔，粗茶淡饭难免简陋，作者却丝毫不觉，从而引出本词的主旨——"人间有味是清欢"，自然浑成，照彻全篇，极富哲理性。

全词体现了作者旷达、闲雅、通透的生活趣味和人生态度，给人以心灵慰藉和现实指导。读懂本词，可以治愈人们情绪上的焦虑，让人们放弃对繁华的无尽追求，坦然面对平淡的生活。

和子由渑池怀旧[1]

[宋]苏轼

人生到处知何似，
应似飞鸿踏雪泥。
泥上偶然留指爪，
鸿飞那复计东西。
老僧已死成新塔[2]，
坏壁无由见旧题。
往日崎岖还记否，
路长人困蹇驴嘶[3]。

一、词句注释

1. 子由：苏轼的弟弟苏辙。渑池：在今河南三门峡。
2. 老僧：指曾经为诗人提供住宿地的奉闲和尚。
3. 蹇(jiǎn)：跛足，腿脚不灵便。

二、白话译文

人生在世到这里又到那里像是什么呢？就像飞翔的鸿雁偶尔在雪地上停留。雪地上留下指爪印记，鸿雁飞东飞西又不定到哪里了。曾经让我们借宿的老和尚奉闲已经去世，只留下存放骨灰的新塔，题诗的墙壁也找不到了。你还记得当时崎岖泥泞的道路吗？路途漫漫，行人困乏，跛脚的驴子累得直叫唤。

三、文学赏析

宋仁宗嘉祐元年（公元1056年），苏轼苏辙兄弟跟随父亲苏洵赴京参加科举考试，途经渑池时寄宿寺庙，老僧奉闲热情款待，兄弟二人共同题壁作诗。五年后，苏轼赴陕西凤翔府任判官，苏辙相送至郑州，返京后作诗《怀渑池寄子瞻兄》，全文如下："相携话别郑原上，共道长途怕雪泥。归骑还寻大梁陌，行人已渡古崤西。曾为县吏民知否，旧宿僧房壁共题。遥想独游佳味少，无言骓马但鸣嘶。"

本诗为苏轼给弟弟苏辙的和诗。前四句由苏辙诗句中的"雪泥"而来，充满禅意，讲明人生道路的不确定性。面对这种随机性，要坦然面对、淡然处之，苏轼乐观豁达的性格初露端倪，成语"雪泥鸿爪"就出自于此。后四句写实，内容呼应苏辙诗，老僧、坏壁是"雪泥上指爪"的具体化，往日崎岖已成回忆，人生还是要展望未来。

全诗富含哲思，凄凉而不觉失望，充满对人生来去无定的深思和对往事旧迹的眷念，更有面对未来的勇气和坚韧。回顾苏轼的一生，其经历丰富而坎坷，特别是"乌台诗案"后一贬再贬，这都是雪泥上的印记，充满了不确定性。而对苏轼来说，却是了不起的财富。正如《自题金山画像》所写："问汝平生功业，黄州惠州儋州。"

曲江二首·其二[1]

［唐］杜甫

朝回日日典春衣[2]，
每日江头尽醉归。
酒债寻常行处有[3]，
人生七十古来稀[4]。
穿花蛱蝶深深见[5]，
点水蜻蜓款款飞[6]。
传语风光共流转[7]，
暂时相赏莫相违[8]。

一、词句注释

1. 曲江：又名曲江池，位于西安城区东南方向，唐代长安城最大的风景区。

2. 朝回：上朝回来。典春衣：典当春天穿的衣服。

3. 酒债：喝酒欠的酒钱。行处：到处。

4. 古来稀：自古以来都不多见。

5. 蛱(jiá)蝶：蝴蝶的一种。深深：花丛深处。见(xiàn)：出现。

6. 款款：形容缓慢的样子。

7. 传语：传话给。

8. 违：违背、错过。

二、白话译文

上朝回来，天天去典当春天穿的衣服，换来钱在江头喝得沉醉才回家。到处都欠着酒钱，这都是寻常小事，人活到七十岁，自古以来都是很少见的。蛱蝶在花丛深处穿梭往来，蜻蜓在水面慢慢地飞，时而用尾巴点水。请给大美春光传个话，让我与她共同停留，哪怕是短暂停留，也不能错过啊。

三、文学赏析

这首诗作于公元758年，当时安史之乱（公元755—763年）尚未平息，长安城虽已收复，战争却仍在持续。杜甫因事受到唐肃宗冷落，暮春时节游览曲江池作下此诗，以曲江春景比大唐气势，言外有意，景外有情，弦外有音，体现了“神余象外”的艺术特点。

《曲江二首》为联章诗，前后两首彼此联系。前一首全文如下：“一片花飞减却春，风飘万点正愁人。且看欲尽花经眼，莫厌伤多酒入唇。江上小堂巢翡翠，苑边高冢卧麒麟。细推物理须行乐，何用浮名绊此身。”

本诗接续“何用浮名绊此身”而来。首联，点明作者典卖春衣，这就留下一个疑问，正常情况下，暮春时节典卖应该优先典卖冬衣才是，典卖春衣则说明冬衣已经卖尽，而且日日典卖春衣，可见作者手头极为紧张。原因是什么？紧接着作者给出了答案——“每日江头尽醉归”，每天都在江头喝醉了才回来。颔联更进一步作出了解释：喝酒欠债到处有，只是因为觉得人生短暂，时光易逝，及时行乐最重要，欠点酒钱又有什么大不了呢！颈联，穿花蛱蝶、点水蜻蜓，营造恬静、自由、美好的景象。以情见物，物外显情，一幅美景跃然纸上，可这美好的场景又能持续多久呢？尾联展开想象：请传话给春光一起逗留，千万不要错过这短暂的美好时光。

本诗为后世留下两个成语——“古稀之年”“蜻蜓点水”，足见作者用词精炼之程度，同时为我们留下脍炙人口的名句——“人生七十古来稀”，至今引用程度极高。

儿女团圆·楔子[1]（节选）

[元]杨文奎

人无千日好，花无百日红。

早时不算计[2]，过后一场空。

一、词句注释

1. 儿女团圆：全名《翠红乡儿女两团圆》，亦称《两团圆》，是元末明初杨文奎创作的杂剧剧本，作者另有一说是高茂卿。

2. 算计：打算、谋划。

二、白话译文

人生没有永远的美好团圆，花朵没有长久的鲜艳绽放。如若不趁年轻及早谋划安排干出一番事业，待到年华逝去，会发现终其一生碌碌无为，到头来一事无成。

三、文学赏析

本诗是写在杂剧两个段落之间的楔子。前两句从人、花与实践的关系着眼，用简单质朴的语言告诉我们一个浅显易懂的道理：没有一成不变的高光时刻，人有高峰就有低谷，花有绽放就有凋零。这里的人与花都非特指,千日和百日也非精确的时间。后两句则是劝勉,告诉人们要早做打算,以免时光白白流逝,结果却一事无成。计算不仅仅是计算时间,更有要立志、谋划打算之意。本诗三、四句采用否定句式,比直叙更令人深思警醒。

游山西村[1]

［宋］陆游

莫笑农家腊酒浑[2]，
丰年留客足鸡豚[3]。
山重水复疑无路[4]，
柳暗花明又一村[5]。
箫鼓追随春社近[6]，
衣冠简朴古风存[7]。
从今若许闲乘月[8]，
拄杖无时夜叩门[9]。

一、词句注释

1. 山西村：村名，位于绍兴镜湖三山乡西边。

2. 腊酒：腊月酿的酒。浑：浑浊，古代有清酒、浊酒之分，浊酒指未过滤的酒。

3. 豚：小猪，这里指猪肉。

4. 山重水复：一座座山和一道道水，山水重重叠叠。

5. 柳暗花明：柳叶深绿，花朵明艳。

6. 春社：传统的民俗节日，一般为立春后的第五个戊日，主要用于祭祀土地神。

7. 古风存:保留古朴的风气。

8. 若:如果。许:容许。闲乘月:趁月明之时出外闲游。

9. 无时:不定时。

二、白话译文

不要嫌弃农家腊月酿制的浊酒,适逢丰收之年,家里备足了鸡肉和猪肉招待来客。一座座山和一道道水重重叠叠,前方好像已无路可走,穿过深绿的柳叶和明艳的鲜花,眼前又出现一个村庄。春社节日将至,乡民们吹箫敲鼓祭祀土地神,他们衣着朴素依然保留着古朴的风俗。如果以后月明之时还有机会出外闲游,我一定要拄着拐杖再来敲门叨扰。

三、文学赏析

公元1166年,陆游遭排挤打击,被罢官后回到故乡山阴(今浙江绍兴)。闲居家乡的日子里,他心情烦闷却未心灰意冷。1167年春日的一天,作者游访农家,有感于在农家的所见所闻写下此诗。作者以质朴闲适的语言记游抒情,全诗围绕"游"字着笔,通篇无一"游"字,却处处在写"游",将习俗、风景以白描手法融为一幅清新自然的画卷,意境明净、格调恬淡。

首联"莫笑农家腊酒浑,丰年留客足鸡豚",凸显了农家的热情友善,他们尽其所有招待来客。"莫笑"从另一方面反映了当时的士大夫自恃清高,看不起底层百姓,作者对此深为反感，对淳朴友善的农家民风大为赞赏。

颔联“山重水复疑无路，柳暗花明又一村”，饱含哲理。宋诗与唐诗的一个重要区别，就是宋诗更注重说理。山重水复、柳暗花明，既是游访中的实景，却又自然而然地告诉我们一个道理：不管是求知还是做事，往往会遇到瓶颈，千回百转中感觉无从突破，就在茫然无措、近乎绝望的时候却又豁然开朗。这与人们的某些境遇高度契合，正如辛弃疾词云“众里寻他千百度。蓦然回首，那人却在，灯火阑珊处。”

颈联“萧鼓追随春社近，衣冠简朴古风存”，展示山村沿袭旧时风俗，鼓乐齐鸣，祭祀祈年，期盼风调雨顺、五谷丰登的情形，寥寥数字充满了画面感，体现了作者精炼的文字功底。

至此，作者仍觉意犹未尽，故而笔锋陡转：但愿自己能有机会再访农家。表达了作者不虚此行、留恋不舍的心情，与孟浩然《过故人庄》“待到重阳日，还来就菊花”手法相似。

咸阳城东楼[1]

[唐]许浑

一上高城万里愁，
蒹葭杨柳似汀洲[2]。
溪云初起日沉阁[3]，
山雨欲来风满楼。
鸟下绿芜秦苑夕[4]，
蝉鸣黄叶汉宫秋。
行人莫问当年事[5]，
故国东来渭水流[6]。

一、词句注释

1. 咸阳：秦汉两朝都城，在今西安市西北，唐朝时京城长安与旧城咸阳隔渭水相望。

2. 蒹葭(jiān jiā)：泛指芦苇。汀：水边平地。洲：水中显露出来的陆地。汀洲：这里代指作者江南的家乡。

3. 溪：咸阳城南的磻(pán)溪。阁：咸阳城西的慈福寺。

4. 芜：杂草。苑：花园。

5. 行人：过客，这里指作者自己。

6. 故国：指秦汉故都咸阳。

二、白话译文

刚登上高高的咸阳城楼远眺，想到万里之外的家乡，思乡愁绪顿时涌上心头，水边芦苇和依依杨柳好似江南故乡的模样。磻溪之上暮云初起，西沉的夕阳掩映于慈福寺之后，山雨即将来临，城楼遍吹凉风。黄昏时分，飞鸟掠过秦汉故园，秋蝉在绿草黄叶间鸣叫。还是不要再提历史兴衰、朝野更迭这些事情了，咸阳古城旁，渭河水不停向东流淌。

三、文学赏析

许浑（公元791—858年），字用晦，丹阳（今江苏镇江丹阳市）人，晚唐著名诗人，善写怀古、田园诗，诗中多描写水、雨之景，后人将其与杜甫并称“许浑千首湿，杜甫一生愁”。

唐宣宗大中三年（公元849年），许浑任监察御史，此时大唐王朝政治腐败，政权风雨飘摇，农民起义此起彼伏。在一个秋天的傍晚，许浑登上咸阳古城楼观景，即兴写下此诗。

首联，诗人登高远眺顿觉“万里愁”，为何生出这无端的愁绪，原来是烟雾弥漫下的芦苇杨柳，像极了故乡的景致。“一上”表明时间极短，“万里”表明愁绪空间极广，两者形成鲜明对比，表现愁绪的突兀和浓厚。颔联，溪云初起，夕阳西沉，山雨将至，凉风满楼，营造了萧条苍凉的气氛，同时暗喻晚唐日薄西山、危机四伏的局势。“山雨欲来风满楼”为后世所熟知，多用来形容重大事件发生前的紧张气氛。颈联，“鸟下绿芜秦苑夕,蝉鸣黄叶汉宫秋”两句互文,曾经恢弘繁华的秦汉宫殿已经一片败落、荒芜不堪,只剩下鸟蝉翻飞鸣叫不止。作者写虫鸟,其实是映衬自己内心的无可奈何,历览历史兴衰空有一腔热血,对当前局势却无能为力,随而引发尾联“行人莫问当年事,故国东来渭水流”,还是别想这些事情了,历史大势如同咸阳故城边的滔滔渭河水一样,终究是要浩浩汤汤奔涌东去的。

绝　句

［宋］夏元鼎

崆峒访道至湘湖[1]，
万卷诗书看转愚。
踏破铁鞋无觅处，
得来全不费工夫。

一、词句注释

1. 崆峒：山名，在今甘肃平凉。湘湖：在浙江杭州西湖附近。

二、白话译文

从西北崆峒山到东南湘湖，我寻访问道，读了万卷诗书却觉得越来越愚钝。踏破铁鞋也找不到灵感，忽然间参透却全然不费什么功夫。

三、文学赏析

作者夏元鼎，弃官入道后遍游名山大川拜访真人，想从诗书中寻找答案反而变得更加愚鲁。纵然踏破铁鞋寻觅却一无所获，一经点拨却顿悟精髓要义，颇有“有心栽花花不开，无心插柳柳成荫”之感。

“万卷诗书看转愚”，不是不要读书，而是不要死读书、读死书，要把读万卷书与行万里路结合起来。这首诗揭示了一个普遍规律，只有在经历千辛万苦中打下坚实基础，在苦苦寻觅后甚至想要放弃时依然咬牙坚持，终将得到孜孜以求的成果。

“踏破铁鞋无觅处，得来全不费工夫”知名度极高，被不少戏剧、小说引用，被编入《增广贤文》，在民间广为传播。

诗经·小雅·鹤鸣

鹤鸣于九皋[1],声闻于野。
鱼潜在渊[2],或在于渚[3]。
乐彼之园,爰有树檀[4],
其下维萚[5]。
他山之石,可以为错[6]。

鹤鸣于九皋,声闻于天。
鱼在于渚,或潜在渊。
乐彼之园,爰有树檀,
其下维榖[7]。
他山之石,可以攻玉[8]。

一、词句注释

1. 九皋:九,虚数,指代多。皋,沼泽地。一说九皋为山名,又名鸣皋山,位于河南伊川、嵩县、汝阳三县交界处,旁有陆浑水库。

2. 渊:深水潭。

3. 渚:水中的小块陆地。

4. 爰(yuán):这里,此处。檀:檀木。

5. 萚(tuò):落叶灌木或小乔木,又作枯落的树枝。

6. 错:砺石,打磨玉石的石头。

7. 榖(gǔ):树名,即楮树,树皮可用于造纸。

8. 攻:打磨、加工。攻玉:将玉石打磨成玉器。

二、白话译文

仙鹤在九皋山鸣叫,声音传遍四野。鱼儿时而在深水潜藏,时而浮游到滩涂边。在那园中是真快乐,檀树高耸,下有灌木凋零。别的山上的石头可以用作砺石打磨玉石。

仙鹤在九皋山鸣叫,声音传遍天际。鱼儿时而浮游到滩涂边,时而在深水潜藏。在那园中是真快乐,檀树高耸,下有楮树又矮又细。别的山上的石头可以用来雕琢玉器。

三、文学赏析

这首诗即景抒情,由鹤、鱼、树等扩展到石,结构完整,形、声、意俱在,组成一幅古人漫游荒野的画面,充满了诗情画意,艺术感染力极强。

同时,对这首诗的理解也有不同看法,有人认为这是一首招引诗,采用借喻手法,将鹤比作隐居的贤人,将鱼在渊在渚比为隐居或出仕的贤人,将园喻为国家,将檀喻为君子,将萚、榖喻为小人,将他山之石喻为他国的贤人。此种理解倒也自成一说,劝谏君主重用君子贤人,远离小人。

这首诗最为有名的是“他山之石,可以攻玉”,有人对诗句存在误解，主要体现在对“攻”字的理解上。“攻”不能理解成传统意义上的攻打、进攻，“攻”在古代冶金行业有打磨、加工之意。

韩冬郎即席为诗相送[1]

［唐］李商隐

十岁裁诗走马成[2]，
冷灰残烛动离情。
桐花万里丹山路[3]，
雏凤清于老凤声[4]。

一、词句注释

1. 韩冬郎：韩渥（wò），字致光，号致尧，小名冬郎。

2. 裁诗：作诗。走马成：指才思敏捷，片刻间即可作诗。

3. 桐花：梧桐花，传说凤凰只在梧桐树上栖息。丹山：相传产凤凰的地方。

4. 雏凤：指代韩渥。老凤：指代韩渥的父亲韩瞻。

二、白话译文

离别宴会将近尾声，烛泪点点聚集成灰，十岁的韩冬郎才思敏捷，须臾之间便可作诗完毕。丹山路上梧桐花万里，那雏凤的鸣叫声比老凤更加清丽动听。

三、文学赏析

本诗诗题较长，全文为“韩冬郎即席为诗相送，一座皆惊，他日余方追吟‘连宵侍坐裴回久’之句，有老成之风，因成二绝寄酬，兼呈畏之员外”，较为清楚地介绍了写作背景。

韩渥父亲韩瞻，字畏之，他与李商隐是同年进士，二人又是连襟，平时交谊深厚。唐宣宗大中五年（公元 851 年），梓州刺史柳仲郢邀请李商隐到四川任职，在饯别宴会上，年幼的韩渥现场作诗相赠，令在场人员大为惊奇，特别是作者对韩渥所作诗句“连宵侍坐裴回久”大为赞赏，认为其少年老成、造诣深厚。唐宣宗大中十年（公元 856 年），作者由梓州返回京城，追忆往事，于是作诗两首，此为第一首。

首句“十岁”为虚数，此时的韩渥实际上只有八岁，却和七步成诗、才高八斗的曹植一样，走马之间即可成诗，难怪“一座皆惊”。冷灰残烛意味着宴席将尽，与韩渥诗作“连宵侍坐裴回久”呼应。前两句倒装突出了韩渥诗文技艺娴熟精湛，饱含作者的欣慰之意，同时表达了恋恋不舍之感。三、四句感情激扬，描绘了一幅清新明艳、富有美感的画面，以雏凤、老凤表述“青出于蓝而胜于蓝”之意，表达了对韩瞻父子的赞美，比喻恰当传神，历来为人称道。全诗语句通俗精炼，语意丰满自然，结构萦回曲折，感情层次递进，展现了对晚辈的无限赞许之情。

冬夜读书示子聿[1]

［宋］陆游

古人学问无遗力[2]，
少壮工夫老始成[3]。
纸上得来终觉浅[4]，
绝知此事要躬行[5]。

一、词句注释

1. 示：训示。子聿（yù）：陆游的小儿子。
2. 学问：读书学习，此处作动词。
3. 少壮：青少年。始：才。
4. 纸上：书本上。浅：浅薄。
5. 绝知：深入细致理解。躬行：亲自实践。

二、白话译文

古人读书学习要毫无保留用尽全力，青少年时代就开始发奋努力，到一定年龄才有所成就。书本上得到的知识终究还是浅薄的，想要深入细致理解还是要亲自实践才行。

三、文学赏析

这是一首教子诗，也是一首哲理诗，告诉我们获取知识要勤学苦练：勤学即要读万卷书，学习理论；苦练即要行万里路，要亲自实践。

前两句阐述古人想要有所成就，必然在求学上拼尽全力，打好基础，将来才有可能成就一番事业。后两句则是强调理论终究要在实践中印证升华，只有亲自体验才能深入透彻地领会。

青玉案·元夕[1]

［宋］辛弃疾

东风夜放花千树[2]，
更吹落、星如雨[3]。
宝马雕车香满路[4]。
凤箫声动[5]，
玉壶光转[6]，
一夜鱼龙舞[7]。

蛾儿雪柳黄金缕[8]，
笑语盈盈暗香去[9]。
众里寻他千百度[10]。
蓦然回首[11]，
那人却在，
灯火阑珊处[12]。

一、词句注释

1. 元夕：正月十五元宵节的别称。

2. 花千树：花灯极多，像千棵树开满花朵。

3. 星如雨：漫天的烟花，如同雨滴般纷纷落下。

4. 宝马雕车：指达官贵人装饰豪华的马车。

5. 凤箫：排箫，形似凤翼，故称凤箫。

6. 玉壶：月亮。

7. 鱼龙舞：挥舞鱼、龙等造型的彩灯。

8. 蛾儿雪柳黄金缕：蛾儿、雪柳、黄金缕，均是女子头上的装饰，这里指代盛装打扮的女子。

9. 盈盈：轻盈悦耳。

10. 千百度：千百次。

11. 蓦然：猛然、忽然。

12. 阑珊：稀疏零落。

二、白话译文

夜幕之下，东风吹拂，花灯摆动，犹如千树花开，漫天的焰火如同星雨般散落。达官贵人纷纷携带家眷驾车出门，留下满路香气。悦耳的凤箫声四处回荡，明月渐渐西斜，月华流转，鱼龙造型的花灯挥舞翻腾不止。

盛装出游的女子笑语盈盈而过，只留下淡淡的香气。我在人群中苦苦寻觅心上人，千百次都没有找到。突然一回头，却看见她在灯光昏暗的角落处。

三、文学赏析

本词是描写元宵节的名篇。上阕从元宵节热闹喧嚣的场景写起，“花千树”“星如雨”“香满路”“箫声动”“玉壶光转”

"鱼龙舞",这些华丽明艳的词藻堆砌在一起,有视觉、有嗅觉、有听觉,多种感觉体验,让我们感受到强烈的冲击,一幅幅画面顿时出现在脑海。下阕笔锋一转,熙熙攘攘的人群,到处是盛装的女子,却没有自己的心上人,此处情绪由高昂转向低落。此后情绪略有扬升,因为突然在灯火昏暗的地方看到了心上人。也有人认为,这里的"他",其实是作者自己,他生逢乱世,立志建功立业,却命运多舛,壮志难酬,犹如那灯火阑珊处的落寞佳人。

王国维在《人间词话》中写到:古今之成大事业、大学问者,必经过三种之境界。"昨夜西风凋碧树,独上高楼,望尽天涯路",此第一境也;"衣带渐宽终不悔,为伊消得人憔悴",此第二境也。"众里寻他千百度。蓦然回首,那人却在,灯火阑珊处",此第三境也。这里寻找的"他"显然是指人生追求学问、事业等的境界。从中得知,要实现人生志向,必须立下鸿鹄志,耐得住寂寞,坚持不懈朝着目标迈进,总有一天会发现目标就在不远处等着你!

名句索引

（以首字拼音为序）

向学成才

述志抒怀

友谊爱情

爱国忧民

时令景致

愁恨悲欢

花木芳香

乡思离情

事理哲思